ベリーズ文庫

一匹狼なパイロットの溺愛に生真面目ＣＡは気づかない

～偽装結婚で天才機長は加速する恋情を放つ～

若菜モモ

STARTS
スターツ出版株式会社

目次

一匹狼なパイロットの溺愛に生真面目CAは気づかない
～偽装結婚で天才機長は加速する恋情を放つ～

一匹狼なパイロットの溺愛に生真面目ＣＡは気づかない

～偽装結婚で天才機長は加速する恋情を放つ～

一、遠い存在のパイロット

オーストラリア・シドニー。

早朝、海沿いに続く遊歩道を散歩しながら深呼吸する。空気が澄んでいてとても気持ちいい。

オペラハウスの白い帆のような屋根が青空に映え、ハーバーブリッジも遠くに見えている。

二月のシドニーの夏はあと半月で終わるが、緑が生い茂る季節で清々しい気候だ。

遊歩道沿いには木々が影を落とし、緑の芝生が広がり、散歩する人々やジョギングをしている男女とすれ違う。

女性はタンクトップにショートパンツ、男性はランニングシャツに同じくショートパンツを着ている人がほとんどだ。

ここ南半球とは反対に、北半球の日本は真冬。寒いのは苦手だから、滞在二日間とはいえこの気候を感じられてよかった。

私、江上七海《えがみななみ》は日本の大手航空会社『ＡＬＬ　ＡＩＲ　ＮＩＰＰＯＮ航空』通称

〝ＡＡＮ〟のキャビンアテンダント。若い後輩が多くなりそろそろ中堅の二十八歳だ。

遊歩道をぶらぶら歩いていると、ホテルの方向から黒ずくめのスポーツウェア姿の三十代の男性が軽やかな足取りで走ってくる。

「あ……」

わが社のエースパイロット、北条透真《ほうじょうとうま》キャプテンだ。

長袖、長ズボンのスポーツウェアでは暑くないのだろうか。

そんなことを考えているうちに、北条キャプテンが一メートルまで近づき慌てて頭を下げる。彼も私が誰だかわかったようで、会釈をして走り去っていった。

立ち止まりもせずに、常にクールな男性だ。

アメリカの航空会社でキャプテンとして働いていた彼は、わが社にヘッドハンティングされて、三カ月前に三十二歳と若いながらもＡＡＮの機長として入社した。

ロサンゼルスで育ち、全米第一と言われる航空大学を飛び級の首席で卒業し、早くからパイロット教育を受けて実力を身につけたのだと、ＣＡたちの噂で耳にしている。

独身で誰もが認める整った美麗な顔なので、入社して初めてのフライトのＣＡたちがまるでアイドルを崇めるかのように、きゃあきゃあ言っていた。

三カ月経った今でも、寡黙なところや制服姿がたまらなくかっこいいなどと、雑談が頻繁に聞こえてくる。

たしかにルックスは突き抜けているけれど、不愛想で、心を許した相手以外とは馴れ合おうとしない。他者にもおそらく自分にも厳しい人だ。

デブリーフィング時の鋭い指摘は毎回のことで、私にはCAたちが北条キャプテンのどこに惹かれるのかわからない。

彼を見る目がハートになっているCAたちは、一緒に働いていないからだろう。

立ち止まりオペラハウスやハーバーブリッジなどの景色をしばらく眺めていると、親友の声が聞こえてきた。

「七海〜」

北条キャプテンが来た方向から同期でCAの横瀬《よこせ》茜《あかね》が、手を振って近づいてくる。

「茜、おはよう」

「もー、目を覚ましたらいないから。たぶん散歩かなと思って出てきたの」

彼女とは同室で、気持ちよさそうに寝ていたから起こさなかったのだ。

「帰るところだったの。おなかぺこぺこよ」

「私も。食事に行こうよ」

ホテルに向かって歩き出す。

朝食を食べたら、クルー全員でバスに乗ってシドニー・キングスフォード・スミス国際空港へ向かい、お昼過ぎのフライトで日本へ戻る。

「北条キャプテンが全身黒のスポーツ選手みたいな格好で出ていったって、ロビーで後輩たちが騒いでたわ」

「茜が来る少し前にジョギング中の北条キャプテンとすれ違ったわ」

「そうなの？　見たかった〜。パイロットの制服姿は眼福ものだけど、スポーツウェアを着た北条キャプテンも素敵なんでしょうね」

「え？」

茜の言葉に足を止め、彼女の顔を見遣る。

「え？って、なに？」

私に見つめられて、キョトンとしている。

「茜って、北条キャプテンが好きだったの？」

「ちょ、ちょっとぉ。そんなんじゃないって。目の保養にはいいってこと。厳しいけれど、見ているだけなら眼福でしょ」

「だよね。茜には、外資系企業に勤めてる素敵な婚約者がいるでしょ」

苦笑いを浮かべて、再び歩き始める。

「そうそう。北条キャプテンを本気で追いかけている人もいるけど、私は違うわ。でも、彼氏のいない七海はなんとも思わないの？」

「まったく思わないわ。北条キャプテンの仕事に向き合う姿勢は尊敬しているけど」

「七海の好みは優しい人？　ずっと恋人いないわよね？　理想が高いとか？　美人だからお付き合いしてくださいって声かけられること、よくあるでしょう」

遊歩道から道路向こうにあるＡＡＮグループのホテルが見えてきた。

茜とは仲のいい同期だが、私生活のことはあまり話していない。どちらかというと、茜が婚約者の話をして聞き役に回る感じだ。

「好きになった人が好みよ。今は仕事が楽しいから恋人に割く時間がないと思って」

「えー、時間なんてあるある。つくる気がないってことね。アーモンド形の二重の目に、整った鼻、唇はいつだって艶があって、もちろんスタイルはいいのに、男に興味がないなんてもったいないないな～」

横断歩道を渡りながら、茜の最後の言葉に足を止める。

「興味がないわけじゃないわ。でも今は仕事第一でがんばりたいの」

誤解を解こうとした声が思わず大きくなる。

そこへ――。

「横断歩道の真ん中でなにをしている？　信号が変わるぞ」

北条キャプテンが私たちを抜く間際、注意して走り去っていき、私たちも顔を見合わせてから急ぎ足で渡る。

歩道に足を踏み入れてから、茜が「やっぱかっこいいわ。ねえ、走ってきたのに、いい香りしなかった？」と聞いてくる。

たしかにウッディ系の香りが漂った気がする。遊歩道のときもふと鼻をくすぐったが、たくさんの樹木があったから北条キャプテンのつけているフレグランスだとは思わなかった。

「そうだね……あ、レストラン混んでるわ。早く行きましょう」

道路に面したホテルのレストランは朝食を食べる観光客でけっこう席が埋まっているように見え、急ぎ足で向かった。


朝食後、部屋に戻った私たちは空港へ向かう支度を始める。茜はウェーブのあるショートヘアなので、髪をセットするために私が洗面所の鏡を使わせてもらう。

肩甲骨より少し短いブラウンの髪をまとめて夜会巻きにしてから、メイクを施す。髪とメイクが終わって、鏡に向かってニコッと笑みを浮かべる。これから仕事を始める儀式みたいなものだ。

洗面所を出ると、茜はデスクの上に普段ショルダーバッグに入れてある少し大きめの鏡を置いて、まだメイクの最中だった。

「洗面所ありがとう」

「早っ、髪を夜会巻きにしているのに早すぎるわ。神業ね」

茜の言葉に笑いながらクローゼットにかけていた制服を手に取って、ベッドの上に置く。

ＡＡＮの制服はグレーを基調としたもので、半袖シャツは落ち着いた色味のピンクにグレーのピンストライプ。上着と膝下までのタイトスカートはグレーだ。

首に巻くスカーフの色は二種類あって、ピンクとブルーでその日の気分で選べる。

私たちふたりはブルーにして首の横で結び、作ったプリーツが綺麗《きれい》に見えるようにする。

メイクを終えた茜も着替えを済ませる。

「さてと、支度はＯＫ？　行こうか」

忘れ物がないかクローゼットや洗面所をもう一度確認し、部屋を出た。

ロビーの集合場所に到着する。常に余裕を持って行動を心がけているので、私たちが一番だった。

ロビーにいるお客様に迷惑がかからないよう私語を謹んで待っていると、キャリーケースを引いたクルーが次々と現れる。

北条キャプテンも黒のスポーツウェアからグレーの制服に着替え、颯爽と歩を進めてくる。

何回か同じクルーになっているが、そのときも時間ピッタリで登場した。

すると、彼のうしろからふたりの後輩CAがバタバタ足音を立ててすべり込みセーフと言わんばかりに私たちの輪に加わる。

チーフパーサーも北条キャプテンもなにも言わないが、あきらかにAANのCAだとわかるので、品位を損なう行動だ。

クルーメンバーが揃《そろ》い、機長、副機長の順でエントランスを出た道路で待っているバスに乗り込み、空港へと向かった。

フライトのピークが過ぎ、乗客たちが静かにくつろぐ中、私はギャレーの片づけをする。

一つひとつの動作に集中しながら、いつも通りの流れで片づけを終えていく。

　そこへ後輩CAふたりが来て、話をし始めた。

「到着は八時十五分だったよね。デブリーフィング終わったら食事に行かない？　明日は休みだし」

「行く、行く。なに食べようか。イタリアン？　フレンチ？　それともお寿司行っちゃおうか？」

　たった今シートベルトサインが点いたのにも気づいていないので、心の中でため息をついてから彼女たちへと振り返り口を開く。

「あなたたち、私語は謹んで。持ち場のシートベルトの確認を急いでください」

「あ、はいっ」

　ふたりは慌てて担当の席に散らばっていった。


「皆様、まもなく当機は羽田空港に着陸いたします。シートベルトを締め、座席の背もたれをもとの位置に戻し、テーブルをおしまいください。また電子機器のご使用はお控えいただきますようお願いいたします。着陸時の揺れに備えてお手荷物も確実に収納してください。本日はALL　AIR　NIPPONをご利用いただきましてありがとうございました。皆様の次のご搭乗を乗務員一同、心よりお待ちしております」

ハンドセットを持ち日本語でのアナウンスの後、続いて英語でも同じ文章で搭乗客に挨拶する。

ハンドセットとはコックピットやＣＡ同士の連絡、機内アナウンスに使うものだ。

シドニー・キングスフォード・スミス国際空港を十二時二十五分に発った０４３便は定刻通りの九時間五十分後、羽田空港へ到着した。

振動をほとんど感じさせない完璧な着陸だった。北条キャプテンの操縦技術は素晴らしい。

毎回思うが、夜間飛行は空港の着陸までの夜景と滑走路の誘導灯が綺麗だ。

上空から世界中の景色やそんな光景を目にすると、ＣＡになれてよかったと思う。

シートベルトサインが消え、乗客たちがざわざわと出口に向かって通路に立ち始める。ＣＡたちは旅客機から降りる搭乗客に頭を下げてお見送りする。

搭乗客全員が機内からいなくなると、座席の忘れ物や危険物などのチェックをしたのち、クルー全員が機体から降りて入国手続きを済ませオフィスへ向かう。

隣に茜が並ぶ。

「今日も北条キャプテンのフライト、完璧だったわね。『あんなに静かな着陸は初めてよ』って、ファーストクラスのお客様が褒めていたわ」

今回茜はファーストクラスの担当だった。

「たしかに完璧だったわ」

「今まで離着陸が完璧だなと思ったのは、桜宮《さくらみや》キャプテンと蓮水《はすみ》キャプテン、それと北条キャプテンだわね。三人とも三十代なのに才能に秀でてるわ」

桜宮キャプテンはわが社の御曹司で、お兄様は副社長、蓮水キャプテンは北条キャプテンと同じくアメリカの航空会社からヘッドハンティングでＡＡＮに来たと、彼の妻・真衣《まい》さんから聞いている。

彼女は私のふたつ下の後輩で、後で知ったのだが入社した当時から蓮水キャプテンと結婚していたのには驚きだった。

真衣さんは妊娠を機にＣＡを退職したが、現在は育児をしながら元ＣＡ特任ライターという肩書きで、各国のお勧めスポットや料理、スイーツなどを現役ＣＡにインタビューして記事にする仕事をしている。

そういえば、明後日真衣さんからインタビューを頼まれていたんだっけ。

三人のキャプテンは皆優秀で見た目も抜群だから、日々女性たちからの誘惑も多いのではないかと推測する。とはいえ桜宮キャプテンと蓮水キャプテンは奥様ひと筋なので、その矛先は北条キャプテンに向けられているようだ。

現在副操縦士を除き、若手で有能な独身機長は北条キャプテンしかいない。

彼の性格はさておき、将来有望な北条キャプテンをつかまえたいCAは、私が知っているだけでも三人いる。


オフィスに入り空いているスペースで、クルーがいくつか会議用テーブルをつなげた場所に座りデブリーフィングを始める。

フライトを終えてからのデブリーフィングはいつも重要で、その日のフライトの総括を行う場だ。

オフィスにはこれから搭乗するフライトクルーたちもいて、各テーブルに集まっている。

「お疲れさまでした」と、北条キャプテンの挨拶からデブリーフィングが始まる。

制帽を取った彼の髪はやわらかく緩やかなウェーブがかかっており、優雅さと落ち着きがあるのが第一印象なのだが、見た目と違って誰にでも鋭く指摘をする。

たしかにプロフェッショナルなのだろうけれど、厳しい視線を向けられると、蛇に睨まれた蛙のような気持ちになってしまう。

続いて副機長が今回の経路に関して簡単に説明をし、チーフパーサーが問題点や困った点がなかったか、私たちに尋ねる。

早く終わらせて帰りたい皆は「とくに……」と、首を横に振る。

話すべきことはあるのに。

「深山《みやま》さん、機内サービス中に起きた事故の報告は？」

職務中に食事の約束という私語で盛り上がっていた後輩のひとりだ。

「え？　わ、私ですか？」

深山さんは小首をかしげてわからない様子。

本当に覚えていないのだろうかと、私の方が困惑する。

「ええ。ドリンクサービスのとき、お客様の膝の上にコーヒーをこぼしたでしょう？」

「あ！　はい。あれですね。もう解決しているのであえて報告しなくてもいいかなと」

この対応でよく入社後のＯＪＴ訓練を終了したものだと、驚きを隠せない。

「お茶こぼしは本来クリーニング券を出さなくては。お客様が許してくださっても」

若い男性のお客様は大丈夫だからと言ってくれて、彼女はクリーニング券を渡さなかったのだ。

「え？　は、はいっ」

「三年目よね？　しっかりしてくれないと困るわ。シートベルトサインが出ているのにギャレーで話をしていて気づかなかったようだけど、その気の緩みでフライト中に事故や危険な目に遭わせてしまったらどうするの。それとホテルの出発時、ふたりがバタバタと慌ただしく来たのもAANのクルーの品格を疑われるわ。自覚を持って行動してね」

深山さんはシュンとなって、うつむいてしまった。

厳しい言い方だったかもしれないけれど、彼女の成長や乗客のことを考えたら必要なことだ。

深山さんの同僚たちの視線が痛いけれど、彼女ならわかってくれると信じている。

デブリーフィングが終わり、レストルームに寄ってからオフィスに置いていたキャリーケースを取りに行ったところで、泣く深山さんを彼女の同期が慰めている様子が目に入った。

「ほんと、江上さんったらひどいわ。デブリーフィングで恥をかかせたかったのね」

私がいることに気づいていないようで、深山さんを慰める言葉が聞こえて耳を疑う。

このまま黙って帰るのがいいのかもしれないが、誤解させたままではよくないと思い直して、彼女たちに近づく。

ふたりは私の姿に気づいてギョッとなる。

「お、お疲れさまです」

涙目の深山さんが頭を下げるが、彼女の肩を抱いていたもうひとりの後輩がキッと私を見遣る。

「江上さん、さっきのひどいじゃないですか。次から次へとあら探しするみたいに」

「あら探しをしているわけじゃ……」

目についたことを言ったまでだが、深山さんは泣いているし、もうひとりの後輩は私をまるで親のかたきみたいに見ているし、ちゃんと話さなければと思った。

「あのね？　私の言っていることは――」

「北条キャプテン！」

ふたりが私の背後に視線を向けた。私も振り返ると、鋭い目はまっすぐ彼女たちを見つめ、口もとは硬く閉じられている。

「ひどいと思いませんか？　江上さんはわざとデブリーフィングで深山さんのミスを次々と並べて。恥をかかせたんですっ」

「あれくらいのことで泣いているのか？　それでは先が思いやられる。江上さんは正しいことを言っている。常にわが社のＣＡという意識を持ち、品格のある行動を心がける。ＯＪＴで習ったはずだが？」

思いがけない北条キャプテンの言葉に、ふたりはいたたまれない様子でうつむく。

「……今後、気をつけます」

彼のおかげでわかってくれたと思いたいが、まだまだ指導は必要だろう。

「わかってくれたならいいから、今日はもう帰って。おつかれさま」

「は、はい」

ふたりは私たちに頭を下げ、キャリーケースを引いてオフィスを出ていった。

「あり――」

お礼を伝えて帰ろうとしたが、北条キャプテンに遮られる。

「君のその感じでは誰もついてこないぞ」

思いがけないことを言われてカチンとくる。

「お言葉ですが、全部事実ですし」

「後輩のことを思って言っているのだろうが、それでは嫌われる一方だ」

「できるだけわかりやすく話したつもりですし、お給料をいただいている以上、しっかりと業務をするべきです」

北条キャプテンの身長はおそらく百八十五センチはある。近すぎて見上げているから首が痛い。

彼の背だけの原因じゃなくて、肩が凝っているのも理由だろう。

「君が完璧なCAだからといって、ほかの者もそうなれるとは限らない」

「私は完璧なCAではありません。それでは……お先に失礼させていただきます」

北条キャプテンに挨拶をして彼から離れ、隅に置いていたキャリーケースを手にしてオフィスを後にした。

更衣室へ向かい私服に着替えて、スッキリしない気分でタクシー乗り場へ向かう。ちょうど並んでいたタクシーをつかまえられ、後部座席に座り大田《おおた》区のマンションの住所を告げた。

実家は新潟《にいがた》県の海側にあり、私は大学生の頃からこっちでひとり暮らしをしている。

背もたれに体を預け、窓の外へ顔を動かして先ほどの北条キャプテンの話を考える。

お客様にコーヒーをこぼしてしまったことは当然話すべきだと思うが、私語に夢中だったことと待ち合わせの件に関しては、後で注意してもよかったのかもしれない。

『君が完璧なCAだからといって、ほかの者もそうなれるとは限らない』

完璧でありたいと思っているが、お客様相手だからその都度至らない点も出てくる。

いちおうそんなふうに見てくれていたのだと、茜に言ったような不愛想で厳しい印象は少しだけ変わるが、やはりオブラートに包まないで話す人は苦手だ。

ワンルームの自宅のお風呂は狭いが、トイレと分かれているので気に入っている。膝を抱えてゆっくり湯船に浸かり、鎖骨の下あたりをさすりリンパを流していると、ふと深山さんの泣き顔を思い出す。

なんか罪悪感……。

鎖骨をさすっていた手を止めて、「はぁ……」と重いため息が漏れる。

ドリンクサービス時に突然大気が不安定になり揺れることもあって、乗客に飲み物がかかる事態はどんなＣＡにも起こりうる。

しかし、お客様が許してくれたからといって、軽く考えてほしくなかったのだ。

まだ私が新人の頃、機体の揺れで同期のＣＡが飲み物を女性客の服にこぼし、そのときはお客様が許してくれたからとデブリーフィングで報告せずにいたということがあった。

なぜ発覚したかというと、後日女性客の夫が怒り心頭で本社に連絡してきたためだ。初めてプレゼントした思い出のワンピースに染みができたと、あわや訴えられる事態に。謝罪と補償の申し出でなんとか収めたものの、当事者であるＣＡは心を病んでしまい退職し、その後引きこもっていると聞く。

深山さんたちには、顔を合わせたときに報告は大事だと、もう一度話そう。

翌日は掃除をした後スーパーへ買い物に行き、多めにカレーを作って冷凍しておく。明日の夜からハワイ便だし、お昼は真衣さんと会うから今夜の分しかいらないのだが、外食ばかりでは飽きてしまうので母直伝のカレーやハヤシライスのルーを作り置きしておくのがいつものことだ。

その夜、真衣さんからメッセージが届く。

【先日はインタビューの件引き受けてくれてありがとうございました。明日十二時からお願いします。お会いできるのを楽しみにしております】

ランチの場所は湾岸エリアの商業施設の地中海レストランとのこと。

私も楽しみにしていると返事をして、毎晩の日課であるストレッチをしてからベッドに入った。


私の姿写真も撮ると言われていたので、白いニットのワンピースとブラウンのショートブーツにし、髪は結ばずにそのままにした。

地中海レストランで名前を告げると、まだ十分前だというのに窓際のテーブルに着く真衣さんのところへ案内される。

ＣＡ時代、彼女の仕事ぶりはきっちりしていて優秀で、性格もよく、先輩たちからもかわいがられていた。

もちろん私も彼女が好きだった。

そんな真衣さんを選んだ蓮水キャプテンは目が高いと思う。もともと、両親たちの再婚で知り合ったと聞いていた。

窓の外を見ていた真衣さんが人の気配にこちらを向く。

「真衣さん、お待たせ」

彼女は笑顔になって席を立つ。

「七海さん、ぜんぜん待っていないです。お忙しいのにインタビュー引き受けてくださりありがとうございます」

ベージュのカシミアコートを脱いで、彼女の対面に腰を下ろすと、真衣さんも座る。

「凌空《りく》君は連れてこなかったのね」

彼女と蓮水キャプテンの愛息子で去年六月二十五日に出産し、凌空君は現在八カ月になる。

「お仕事が絡んでいるのに、連れてこられないです。ちょうど陵河《りょうが》さんが休日なので見てもらってます」

「蓮水キャプテンが赤ちゃんの面倒を見ているところ、想像できないわ」

「ふふっ、意外と上手なんですよ」

久しぶりに会う真衣さんの笑顔は幸せそのもので、素敵な奥様とママをしているのだろうと、うらやましい気持ちもある。しかし、私はまだまだ仕事を続けたいし、結婚したいと思える人は現れていない。

インタビューは食事の後にすることにして、魚介のうまみがたっぷり入ったブイヤベースやニース風のサラダ、ひよこ豆をペースト状にし調味料で味をつけたフムスなどがテーブルに並んだ。

フムスはバゲットにのせて食べるとおいしい。

「そういえば、陵河さんと同じくアメリカの航空会社からヘッドハンティングで新しいキャプテンが入ったと聞きました。めちゃくちゃかっこいい人だとか」

「それは蓮水キャプテンから?」

彼が『めちゃくちゃかっこいい人』なんて言うだろうか?

「いいえ。現役ＣＡからです。しかも技術が素晴らしく高い人だとか。もちろん若くして機長になるくらいなので、あたり前ですが。七海さんはその方のクルーになったことはありますか？」

「何回かあるわ。たしかに……茜が言っていたんだけど、離着陸の完璧さは桜宮キャプテンと蓮水キャプテンに並んでいると」

真衣さんは茜とも一緒のクルーに何度もなっていて知った仲だ。

「それに、まあイケメンだし、有能だからいつもCAから注目を集めているわ。真衣さんと結婚していることを知らなかったときの蓮水キャプテンもそうだったわね」

「有能で素敵とあれば、当然皆さん気になるはずです。七海さんはどうなんですか？」

フムスをのせたバゲットを口に入れようとして手を止める。

「え？　北条キャプテンのこと？」

「はい。惹かれないんですか？　陵河さんのときもまったく関心なかったですよね？もしかしてイケメンが苦手とか？」

「苦手じゃないわ。よく知らない人には惹かれないだけよ」

そう言って、バゲットをかじる。

「七海さんらしいです」

真衣さんはふふっと笑い、同じくフムスをバゲットにのせて食べた。

食事後、寒いが海が見える公園へ行き、真衣さんは私の写真を何枚か撮り、商業施設のカフェへ移動して、温かいカフェラテを飲みながらインタビューを受けた。

インタビューの内容は、私がCAになりたいと思ったきっかけや、どこの国が好きか、ドジをしてしまったことがあるか、などほかにもたくさんの質問があった。

それとともに、記事のメインは海外の推薦するレストランや景色だったので、私がお勧めするシドニーの魚介類がおいしいレストランを紹介した。

このインタビューが決まっていたから、茜とそこのレストランを訪れてオーナーに了解をもらい、店内や明るいオーナー、料理の写真を撮ってきていた。

スマホに収めている写真を真衣さんに共有する。

「レストランのオーナーにもOKいただいて助かります、さすが七海さんです。今回インタビューを受けてくださりありがとうございました」

「自分がインタビュアーになったみたいで楽しかったわ。今度はぜひ凌空君に会わせてね」

「はい。遊びに来てください。記事が出るのは三月中旬になると思います。また連絡します」

十五時過ぎに別れて、いったんマンションに戻った。

その夜のハワイ線のフライト前、再び北条キャプテンがブリーフィングの場にいたので、内心びっくりする。

リストにあったのは別の機長の名前だったからだ。

ブリーフィングでの挨拶で、予定の機長は急遽身内に不幸があり北条キャプテンに変更になったと説明された。

今回クルーの中に茜はおらず、後輩の深山さんたちがいる。そして、AANのCAの中で一番の美人だと言われている同期の松本絵麻《まつもとえま》さんも一緒だ。

彼女の母は美人が多いと言われるクロアチアの出身らしく、遺伝子を受け継いだ松本さんはスタイル抜群で目鼻立ちが整っている。

美人すぎて、機内の通路を歩くと乗客の男性が目で追うと言われている。私もその光景は何度も目にしていた。

松本さんは今回エコノミークラス、私は深山さんと一緒にビジネスクラスの担当だ。

ファーストクラスは先輩CA担当で、注意事項などチーフパーサーが話して一同ボーディングブリッジへ向かった。

羽田空港を二十時十分に離陸予定だったが、滑走路が混み合い十分遅れて出発した。

しばらくして水平飛行後、ドリンクサービスを始める。

深山さんとはオフィスで顔を合わせたときに挨拶を交わしたものの、よそよそしく見える。話をしたいが、今はできない。私の話し方でまた泣かせてしまったらと思うと、深山さんの態度が気になっても、現地に着いてからの方がいいのかもしれない。

食事を提供した後、機内の明かりを暗くして乗客が休めるように環境を整える。私たちは食事を味わうことなく胃の中に入れて、交代で少し休憩する。

コーヒーを所望した乗客に運び、ギャレーに戻ろうとしたところでラバトリーが汚いとクレームが入り向かう。

ラバトリーすなわちトイレの前で待っている乗客に「失礼します」と声をかけて中へ入ると、トイレットペーパーが足もとに散らばり、床が濡れていた。

棚からゴム手袋を出して手早く掃除をし、ラバトリーを出た。

ギャレーに戻るとビジネスクラスからコールボタンが押され、すぐさま向かう。

コールボタンを押した席は、食事の提供のときに就寝中だった男性だ。

「食事をお願いします。あと、ビールを」

数種類用意してあるビールの銘柄を口にすると、国産のものを希望される。

「かしこまりました。すぐにお持ちします」

その場を離れ、ギャレーへ歩を進める。

機体はときどき揺れるくらいで安定しているが、注意深くトレイを運ぶ。

男性に食事を提供し終えると、子どもの泣き声が聞こえてきた。

今日のビジネスクラスには子どもがひとりいて、三歳の男の子だ。

子ども用のおもちゃの飛行機などが入っているノベルティの袋を持って男の子のもとへ行こうとする私に、深山さんが「なんでもかんでもひとりでやらないでください。私が行きます」と言って、ノベルティの袋を奪うように手にして去っていった。

「はぁ……」

お客様に心地いい空の旅をお届けしなければいけないのに。彼女のとげとげしい雰囲気がキャビンに伝わらなければいいなと思案した。

羽田空港を飛び立ってから六時間四十五分後、ハワイ・ホノルルにあるダニエル・K・イノウエ国際空港に着陸した。

ハワイ時刻は八時五分。

その後、オフィスでデブリーフィングを終えてワイキキにあるAANグループのホテルに到着し、北条キャプテンや真木《まき》副操縦士、クルーたちは部屋へ散らばっていく。

「深山さん、話があるの」

エレベーターホールへ歩を進めていた彼女は、私に呼び止められてビクッと肩を震わせた。

「今……ですか？」

「ええ。そこの空いているベンチに座りましょう」

私が話しかけるとは思わなかったのか、動揺している彼女をすぐ近くの南国らしい艶やかな木のベンチに促す。

並んで座り、困惑している深山さんへ口を開く。

「シドニー便の件で誤解があると思うの」

「誤解なんかないです。すべて私が悪いことですし……」

「あなたに意地悪して言ったわけじゃないの。誰でも同じことをしたわ。ただ……私語とホテルの集合の件は、後で話すべきだったと反省したわ。ごめんなさい」

「江上さん……」

「気持ちよく仕事をしたいもの。それにはわだかまりを持たないようにしないとね。じゃあ、ゆっくり休んで」

ベンチからすっくと立ち上がりエレベーターホールへ向かい、ちょうど扉が開いたエレベーターに乗った。

AANグループの十階建てのホテルは、ワイキキの海に面した立地のいい場所にある。今回、ホテルの部屋に余裕があるようで、ツインをひとりで使える。

五階でエレベーターを降りて部屋に入ると、オーシャンビューだった。夜は山側の方が綺麗だが、ダイヤモンドヘッドや海が見られるのはうれしい。

テラスに出ると、手すりにもたれて景色を眺める。

青空に白い雲が浮かび、ビーチやホテルのプールで遊ぶ人々を見てから部屋に戻る。

帰りのフライトは明日の十三時に離陸なので、時差の関係で体調も整えなくてはならないから遊び回るわけにはいかない。

もともと遊び回ることはしないが、ホテルを出てすぐのカラカウア通りにはショッピングできる店が軒を連ねているので、目の保養と運動で歩くくらいはする。滞在中、基本は部屋かプールサイドのベッドでゆっくり過ごすようにしている。

夕方、近辺を散策してからホテルへ戻ると、開放感のあるロビーには松本さんや深山さん、そのほかCAがいた。

「あ、ちょうどよかったわ。これからステーキを食べに行くの。江上さんもいかが?」

いちおう深山さんとの誤解は解いたつもりだけれど、私が行ったら居心地が悪いかもしれない。それに今夜はホテルのレストランでハワイアン料理を食べるつもりだったので「ちょっと用事があって」と断った。


十九時頃、一階にあるハワイアンレストランのプールやビーチを見渡せるテラス席で、アヒポキやマヒマヒのフライなどの食事を堪能した。

日中は爽やかな暑さで、朝晩は少し涼しいのでノースリーブのコバルトブルーのワンピースの上に白のカーディガンを羽織っている。

食後、プールサイドのベッドに足を伸ばして座る。

タブレットを手に、サイドテーブルに運ばれてきたマンゴーとパイナップルの入ったジュースを飲んでいた。

タブレットを見る気はないが、なにもなくてボーッとしているだけでは変な人に思われそうなので持ってきている。

生の果汁がたっぷりのジュースのグラスをサイドテーブルに置いたとき、足もとに誰かが立ったので顔を向けた。

「あ！」

白のTシャツとカーキのチノパン姿の北条キャプテンだった。

突として現れた彼に驚きつつ、挨拶をするためベッドから降りようとしたが、「座っていいから」と制される。

そして『隣いい？』などの断りもなく、彼は隣のベッドに腰を下ろした。

「ステーキを食べに行かなかったのか？」

「はい。深山さんもいましたし、誤解は解けたはずなんですが、彼女の気持ちを考えると、もう少し経たないとだめかなと思って行きませんでした。あ、でもホテルのアヒポキが食べたかったので、日本にいるときから決めていたんです」

「そうか……」

北条キャプテンはそれだけ言って、ベッドに長い脚を投げ出す。

すぐに去るものだと思っていたので困惑しているうちに、彼はTシャツにショートパンツ姿の女性スタッフを呼び止め、ノンアルコールビールを頼む。

機内アナウンスで北条キャプテンの淀みない英語を聞いてはいたが、会話を耳にするのは初めてだ。アメリカ本土で生活していたらしいので、ネイティブにはほど遠い私にはうらやましい。

「女はめんどうだな」

ふと北条キャプテンから出てきた言葉に苦笑いを浮かべる。

「すぐにわかってくれる子もいるんですよ。彼女ももう数年経ったら理解してくれると思います」

「期待しすぎてはいないか？　彼女はおそらくそれまで続かないのでは？」

「それはわかりませんが、一緒に働いている以上、うまく言えませんが……家族みたいなもの？なので、応援したいです」

お客様とのトラブルで同期のＣＡが辞めたとき、新人の私にできることはなにもなく、無力感を覚えた。それでも、同期としてもっと仲を深めていたら彼女の支えになれたんじゃないかという思いを持ち続けている。だからこそ、仲間とはわかり合いたいし支えたい。

そこへノンアルコールビールが運ばれてきた。

「ノンアルコールしか飲めないなんて残念ですね。それともお酒は好きじゃないのですか？」

北条キャプテンはグラスを持って口へ運び、ゴクゴクとおいしそうに飲む。

「好きだよ。だが海外ではオフの日も業務中と考えているから、アルコールは飲まないと決めているんだ」

「ストイックなんですね」

「どうだろうな。話を戻すが、一緒に働いていると家族みたいなものなのか？　では、俺も？」

からかうような口調と眼差《まなざ》しは初めて見たので、心臓がドクッと跳ねた。

美麗すぎて目を逸らしたくなる。

「あ、あくまでもＣＡに対してです」

動揺しているのがわかったのか、北条キャプテンは楽しそうに笑って立ち上がった。

「邪魔をした。じゃあ」

北条キャプテンは少し残ったグラスを持って、野外のバーカウンターの方へ行ってしまった。

現れたときも突然だったけれど、去るときもいきなりで、気まぐれに雑談をしたかったのだろうかと考える。

もしかしたら私と深山さんとのことが気になって……？

ううん、とすぐに思い直す。

機長がＣＡのいざこざをいちいち気にするはずはない。

そう考えたところへ、バーカウンターのスタッフがピンク色のグラスを私のサイドテーブルに置く。

「頼んでいません」

英語で女性スタッフに慌てて言う私に「先ほど隣に座っていた男性からです。どうぞごゆっくりとの伝言です」と言って去っていく。

どうぞごゆっくり……か。

たまたま会って、私が落ち込んでいるように見えた？

ふぅ……と、ため息を漏らしてからピンク色のグラスを飲んでみる。グアバジュースだった。これも先ほどまで飲んでいたジュースと同じくおいしい。

しばらくプールで遊ぶ楽しそうな声を聞きながら、タブレットでダウンロードしておいたファッション雑誌を眺めた。

二、複雑な人間関係

三月に入った。

冬の寒さが少しずつ緩み、春の訪れを感じさせるこの時季は、卒業旅行で学生の乗客が多くなる。

韓国《かんこく》や台湾《たいわん》など、近い距離のためその日のうちに戻ってくるシフトが続いており、この四日間、現地でゆっくりすることなく帰国している。

北条キャプテンとは二月半ばのハワイのフライトを最後に会っていないので、まだグアバジュースのお礼も言えていない。

深山さんたちともオフィスで会うものの、同じクルーにはならず、挨拶をする程度だった。

あの件からまだ一カ月にもならないし、時間が解決してくれると思っている。

三月の第四週の金曜日、今夜からハワイ便の乗務だ。

羽田空港内にあるＡＡＮのオフィスの廊下を歩いていると、数メートル先にパイロットの制服を着た高身長の男性が見えた。すらりとしたスタイルのＣＡと歩いている。うしろ姿から察するに松本さんだ。

私の夜会巻きとはどことなく違って洗練されているように見える。

松本さんと歩いているのは北条キャプテンで、ふたりとも抜群のスタイルなのですぐに誰だかわかった。

北条キャプテンがＣＡと話しながら歩いているなんて初めてだ。彼の表情はうかがえないが、松本さんの横顔が楽しそうで麗しく笑っている。

もしかしてふたりは好意を……？

なんだか少し胸が痛みを覚えた気がした。

仲のよさそうなうしろ姿を見て首を左右に振る。ふたりがお付き合いしていたとしても私には関係ない。

約一カ月ぶりに北条キャプテンと同じフライトになったので、折を見てグアバジュースのお礼を言わなきゃ。

ふたりはオフィスへと入っていき、私も少し遅れて入室した。

「おつかれさまです」

誰ともなく挨拶をして、入口にあるタブレットにＩＤをかざして出勤した記録をつける。

それから今日のハワイ便のブリーフィングの場所へ視線を向けて、パソコンの方へ歩を進めようとしたところで、茜が近づいてきた。

「七海、おつかれ」

「あ、今日はスタンバイだって言ってたね。おつかれさま」

「そうなの。あと一時間ほどでお役目が終わるわ。たぶん私の出る幕はないんじゃないかしら」

スタンバイはなんらかの理由で欠席するＣＡの代わりをするためにいる。待機場所は自宅かオフィスだが、そのときによって変わる。

「七海はハワイね。北条キャプテンが一緒じゃない、ラッキー。いってらっしゃい」

茜がチラッと北条キャプテンの方へ視線を送る。

北条キャプテンは端末の前で飛行経路上の気象状況などを確認している。隣には真木副操縦士もいて話をしている。

「誰がキャプテンでも一緒でしょ」

「だって、北条キャプテンの技術は最高じゃない」

「まあそうだけど。いってくるね。じゃ」

茜に笑顔で言って、空いているパソコンの前へ座り、本日のハワイ便の情報などを確認してからクルーが集まる場所へ向かう。

ＣＡだけのブリーフィングが始まった。

チーフパーサーが仕切り、必ず常務時に持っていなければならない持ち物のチェックをする。ここでなんらかの不備があれば、スタンバイのＣＡと交代になる。

座席クラスの分担や、機内販売のサービス担当などクルー間で役割を確認してから、北条キャプテンと真木副操縦士が加わり、飛行経路や気象状況の説明がされた。

機内ブリーフィングをすることもあるが、今までも北条キャプテンはオフィスで行っている。

今回は私と松本さんともうひとりがビジネスクラスの担当だ。ビジネスクラスに車椅子移動の搭乗客がいるため、ひとり増やしている。

食べ終えたトレイを引き下げていると、機内誌を手にした三十代と思われる男性に呼び止められる。

「ここに載っているＣＡさんはあなたですよね？」

真衣さんのインタビュー記事は電子だけの掲載予定だったが、広報部長が気に入ったとのことで、各座席に置かれる機内誌に載ることになったと連絡を受けていた。

「はい。私です。お気づきになってくださりありがとうございます」

「紹介のあったシドニーのレストランへ行ってみたくなりましたよ」

「雰囲気が素敵ですしお料理も新鮮でおいしいので、シドニーへ行かれた際にはぜひ」

にっこり笑みを浮かべて軽く会釈をし、隣の座席の食器トレイを引き上げた。

担当列すべてのトレイを回収しギャレーに戻ると、松本さんがエプロンを外していた。カートをもとの位置に戻して、私もエプロンを外す。

ＡＡＮのＣＡが使うエプロンはピンク色にグレーのラインが入ったものか、水色にグレーのラインのもののどちらかだ。

「江上さん、インタビューを受けたのね」

「はい」

「たしかインタビュアーはＣＡだった蓮水キャプテンの奥様よね？　そんな仕事、どういうわけでしているのかしら」

松本さんの言葉に少しとげを感じる。

「ええ、蓮水キャプテンの奥様よ。真衣さんならＣＡの人脈があるからと、話があったみたい。彼女はＣＡとしても優秀だったし」

「……数回同じクルーになったわ。まあ……優秀だったわね。私ならインタビューくらい、いつでも引き受けるのに」

彼女はつまらなそうに口をすぼめて、ギャレーを出ていった。

『ただいまより機内販売をさせていただきます。ご用の際には客室乗務員にお申しつけくださいませ。なお、事前オーダーサービスなどをご搭乗前にお申込みできるサービスもございます。詳しくはお近くの客室乗務員までお願いいたします』

機内販売の責任者がアナウンスをして、私たちはカートを押して通路に向かう。私は松本さんとペアだ。

滞りなく終わらせ、交代で休憩に入る。同期ということもあり、これまで何度も同じクルーとして働いているのでかなりスムーズだ。

機内の明かりも落とされ、乗客たちは眠るか、映画を観たり、リーディングライトで本などを読んだりしている。

ハワイのダニエル・K・イノウエ国際空港へ到着する二時間前、機内の電気が明るくなる。これから朝食のミールサービスをする。

ハワイ時間では現在六時四十五分だが、日本時間だと真夜中の一時四十五分だ。

ビジネスクラスを一緒に担当している後輩ＣＡが、あたふたとした様子でギャレーにやって来た。

「江上さん、女性の方が、腹部を押さえていて具合が悪いそうです。年は六十代です」

「今行きます。松本さん、フルーツミールをリクエストされた方がいるので確認するようお願いします」

「わかったわ」

松本さんにミールサービスを頼み、後輩ＣＡからどの女性か聞いてひとりで座席へ向かう。

目線の位置が同じようになるように膝を折り、乗客に尋ねる。

「具合が悪いとお聞きしました」

症状を確認してみると、便秘が原因のようだ。ラバトリーでは落ち着いてできないので困っている様子。

「わかりました。一カ所ラバトリーの使用を禁止にしますのでお気になさらないでください」

「ありがとうございます。娘夫婦のところへ行くんですけどね。ひとりなのでどうしていいのかわからなくて……」

「そういう方も多くおられるので、ご安心ください。機内は常に音がしていますから、外に漏れることはありません」

女性同士だから恥ずかしいと思える話も口にして、母くらいの年齢の乗客に安心してもらう。

女性をラバトリーへ案内してからその前に立ち、座席へ視線を向ける。

ミールサービスは松本さんと後輩ＣＡで順調に配っているようだ。

しばらくして女性がホッと安堵した様子でラバトリーから出てきた。

「ありがとうございました。おなかが痛いのは治りました。これで落ち着けます」

「よかったです。では、お席でミールサービスをお待ちください」

女性から離れてギャレーに戻ったところで、松本さんとサービスをしていた後輩ＣＡがまた困惑した様子で戻ってくる。

「あの、松本さんがお客様を間違えてフルーツミールをお渡ししてしまって」

そこへ松本さんがカートを押して戻ってくる。

「江上さん、どうしてくれるの？　フルーツミールのお客様を間違えて教えたでしょう？」

私は確認をお願いしただけだ。

だが、今はフルーツミールが届かないお客様の対応をしなければならない。

「ファーストクラスへ行ってきます。反対側のミールサービスをお願いします。すぐに戻ります」

ファーストクラスになら、フルーツの予備があるはずだ。

チーフパーサーが担当しており、その旨を話してビジネスクラスのフルーツミールのトレイを作らせてもらう。

「ありがとうございました」

一度ギャレーに戻り、予備の足りないものを揃え、フルーツミールをリクエストしたお客様のもとへトレイを運ぶ。

「お待たせして申し訳ございませんでした」

「誰も来ないから、私の食事はどうなったの？って、イライラしちゃったわ」

冗談を交えたような口調にホッと安堵しつつ、「申し訳ありません」と謝る。

「間違ったものを確認もせずにそのまま食べたの？　テーブルに置かれた時点でわかるでしょうに。違うって言えばいいのにね」

女性の乗客は怒ってはいなかったが、声が大きく、食べてしまった乗客に聞こえてしまいそうで一瞬ヒヤッとした。

「私どものミスでございます。このたびは申し訳ございませんでした。今後このようなことがないよう気をつけてまいります」

もう一度頭を下げてから、その場を離れた。


着陸態勢に入ったとの機内アナウンスの後、北条キャプテンが操縦桿《そうじゅうかん》を握る旅客機は定刻通りにダニエル・K・イノウエ国際空港に着陸した。

乗客を見送り、機内点検をしたのち一同も飛行機から降りる。

入国後、AANのオフィスへ行きデブリーフィングをする。

テーブルに着き、北条キャプテンが挨拶をし、飛行経路は何事もなく順調だったと話す。その通りで大きな揺れはほとんどなかった。

その後、チーフパーサーに替わる。

「皆さん、おつかれさまでした。乗客の皆様が笑顔で降りられたのでよかったです。とくに、機内を降りるとき年配の女性の方が江上さんにお礼を伝えてほしいと言っていました。江上さん、心あたりは？」

チーフパーサーに聞かれて「はい。おそらく……」と口を開く。

「報告書に書くつもりですが、便秘気味の方に配慮しただけです」

ここは女性だけではなく、北条キャプテンと真木副操縦士がいるので詳しい話は割愛した。

「わかりました。とにかくその方は感謝していましたよ」

チーフパーサーが私ににっこり笑みを浮かべた。

「私からもあるんですが」

松本さんだ。

「ミールサービスのときなのですが、リクエストされた乗客ではない方にフルーツミールを提供してしまいました。担当の江上さんがその便秘の乗客の件で外れ、そのときに間違った座席を言われたためにこのようなことになってしまいました」

え……？　座席を伝えたと松本さんは思っている？　それとも責任転嫁で？

ギャレーで話をしたときに座席など言っていないと、はっきり言うべきだった。

「江上さんがファーストクラスにフルーツを取りに来たわね。松本さん、あなたはなにをしていたの？」

「ファーストクラスでフルーツミールが作れると思っていましたので、私はリクエストされたご本人に少しお待ちくださいと、謝りに行っていました」

お客様は誰も来なくてイライラしたと言っていた。松本さんの話していることは嘘なのだろうか、それとも乗客が？　しかし、お客様がそんな嘘をついても意味がない。

「この件はふたりが報告書を提出しなさい」

チーフパーサーは松本さんの言葉を信じたのだろうか。でもそうだったら、私ひとりが報告書を出せば済むことだ。

「わかりました」と返事をするが、松本さんが「え？」と声を漏らす。

「チーフパーサー、私も書くんですか？」

松本さんが驚いた様子で尋ねる。

「ええ。配ったのはあなただもの。では、ほかにないようならデブリーフィングを終わらせましょう。バスが待っているわ」

チーフパーサーに強制的に話を終わらされて、松本さんは下唇をキュッと噛んだ。


クルーを乗せたバスはワイキキにあるAANグループのホテルに到着した。

チェックインを済ませ、それぞれエレベーターホールへ向かう。

ちょうど北条キャプテンがすぐ近くにいたので、誤解されないよう人がいないのを確認し、彼に近づいて声をかけるに声をかける。

「お礼が遅くなってしまいましたが、グアバジュースごちそうさまでした」

「そんなことを今さら？」

そう言って麗しく笑われて、困惑する。

「ずっと会いませんでしたし、遅くなってもお礼は言うべきかと」

「ああ。真面目ちゃんの気持ちは受け取っておく」

真面目ちゃん……。

「では失礼します」

頭を下げて行こうとしたが、松本さんが明るい表情で歩を進めてきた。

「北条キャプテン！　おつかれさまです」

彼は松本さんを見遣り「おつかれさま」とそっけない態度だ。

「北条キャプテン、これからクアロアランチへ行こうかと数人で話をしていたんですが、ご一緒にいかがでしょうか？」

クアロアランチは東海岸にある緑の秘境といわれ、恐竜映画のロケ地にもなっている観光地だ。

「それよりも報告書を終わらせた方がいいんじゃないか？」

ふいに話を持ち出されて、松本さんの美しい顔が一瞬引きつる。

「チーフパーサーは書くように言いましたが、私は悪くないので」

彼女の強い光を放った視線が私へ動き、ここで話すのも嫌なのだが仕方なく尋ねてみる。

「松本さん、本当に悪くないと思っているの?」

「ええ。江上さんのせいでしょう?」

きっぱり言われてしまい、ぐうの音も出ない。

「あなたがフルーツミールの乗客の座席を言い間違えたんじゃない。忙しいときに席を外しておいてよく言うわ」

お客様の対応をしていたのにひどいことを言われてショックだった。二の句が継げない私の代わりに北条キャプテンが口を開く。

「フルーツミールの件は、江上さんのせいでないことはわかっている。責任転嫁をしたいのだろうが、君が間違えたのは事実だ。チーフパーサーからそう報告があった。今後気をつけるように」

北条キャプテンが私の味方になってくれるとは夢にも思っていなかった。彼の言葉はスカッとした気分にさせてくれた。

「江上さんか、私と一緒にいた宇田川《うだがわ》さんが告げ口をしたんですね!」

「江上さんは告げ口をしていない。そのことも報告を受けている」

すると、松本さんは顔を憤慨したように真っ赤にして踵を返して立ち去った。

「彼女は君に対抗意識があるみたいだな」

「同期ですが、すべてにおいて彼女の方ができるのでそんな感情なくていいのに……。普段が完璧だから間違いを認めたくなかったのでしょう。見苦しいところをお見せして申し訳ありません」

お辞儀をし北条キャプテンから離れようとすると、「江上さん」と呼び止められる。

「用がなければ出かけないか？」

「報告書を書かなければ」

「君は書かなくていい」

「え？」

「今言った通り、彼女の責任だったのはわかっている。チーフパーサーから報告があった。一緒にいたCAが、リストを見たはずなのに間違えたと言ったんだ」

「チーフパーサーに宇田川さんが……」

この件で、松本さんからなにか言われなければいいのだが。

彼女が話してくれてよかった。報告書には嘘偽りなく書くつもりだった。

「で、出かけられるのか？」

「え……っと、ほかには誰が？」

「いや。いないとまずいのか？　ほかに誘いたい人はいない」

北条キャプテンは珍しく少し困惑しているみたいだ。

『ほかに誘いたい人はいない』という言葉に一瞬ドキッとするが、慌てて自分を律する。彼は、たまたまその場にいた私が誘いやすかったから声をかけただけだろう。

「わかりました。ご一緒させてください。どちらへ？」

「ハワイの風を感じに」

理解できずに思案していると、彼がおかしそうに破顔する。

「近辺を散策……ですね？」

「そんなところだ。一時間後でいいか？」

「はい」

「では、ロビーに来てくれ」

なぜ北条キャプテンが私を誘ってくれるのか甚だ疑問だけれど、約束していったん部屋に向かった。

六階の部屋は山側だった。前回がオーシャンビューだったので、マウンテンビューも悪くない。

「夜景が楽しみね」

キャリーケースを開いて、今回持参したワンピースと薄手のカーディガン、下着などを出す。

ワンピースはしわにならない素材のベージュのAラインで膝丈。カーディガンはラベンダー色だ。

洗面所へ入り、夜会巻きのピンを外すと、サラッと肩に髪が落ちる。ブラッシングをしてから、スカーフを取って、制服を脱いでシャワーを浴びた。


いつもキャリーバッグに入れてくる小さめのショルダーバッグの中に、お財布やリップ、日焼け止め、ハンカチとティッシュ、サングラスのケースを入れるとぎゅうぎゅうでファスナーが閉まらない。

まだお昼前だ。ハワイの日差しで目をやられないように、サングラスはかけていった方がいいはず。

ケースを出して、サングラスをかける。

薄いグリーン系のレンズで見やすいぶん、一瞬で誰だかわかってしまうだろう。

道でばったりクルーと会いませんように。

とくに待ち合わせのロビーは要注意だ。北条キャプテンを狙っているＣＡたちに、私たちが一緒にいるところを見られたら面倒だ。

今回のクルーの中で北条キャプテンへの好意があからさまにわかっているのは、松本さんだけだが。彼女に見られたら一番厄介なことになりそうだ。

そう考えると、ロビーじゃなくて外で待ち合わせにすればよかった。もうクアロアランチへ出かけているといいのだけど。

約束の時間の五分前になり、部屋を出て廊下を進みエレベーターに乗り込んだ。下に降りる間も、ロビーへ歩を進めているときも、挙動不審にキョロキョロしてしまう。

クルーメンバーは見あたらなくてホッと胸をなで下ろしたところで、高身長の男性が私の横を通り過ぎる。

「江上さん、ついてきて」

はっきり聞こえた声は北条キャプテンだ。

黒のＴシャツにグレーのチノパン姿は脚の長さを際立たせている。

北条キャプテンは片方のパンツのポケットに手を入れ、のんびりした足取りでロビーを通り過ぎ外へ出る。

通りに出るのかと思ったら、車寄せの隅に止めてあったアメリカ車に乗り込むのを見て目を見張る。

『ハワイの風を感じに』と言ったのは、ドライブってこと？

周りにクルーがいないことをさっと確認してから、中から開けられた助手席に乗り込んだ。

北条キャプテンは薄いブラウンのレンズの入ったサングラスをしていた。コックピットではサングラスをかけているようだが、間近で見るのは初めてだ。

かっこいい人は、どんな格好をしても素敵だ。

「ふぅ～クルーに見られたらと思ったらドキドキして、心臓に悪いです」

「なぜ心臓に悪いんだ？　不倫しているわけじゃないんだから、気にすることもないだろうに」

苦笑いを浮かべた彼はエンジンをかける。

「そう言いつつも、北条キャプテンだってバレないようにしたじゃないですか」

「君がおどおどしていたから気遣ってやっただけだ」

「北条キャプテンだって困るんですからね」

ハンドルを握った彼は車を発進させ、カラカウア通りをダイヤモンドヘッド方向に走らせる。

「俺が困る？」

不思議そうな声に、大きくうなずく。

「はい。まあ……北条キャプテンよりも、私の方が九割以上困るんですけど」

「意味がわからないな」

「独身男性で機長である北条キャプテンとお付き合いしたい人が、こぞっているからです」

「こぞってって？」

アメリカに長くいた彼にはわからなかったようだ。

「あ、聞きなれない言葉ですね。大勢って意味です」

赤信号になり北条キャプテンはブレーキをかけるが、車の運転も静かで心地よい。

「ああ……だが、こぞってと言うほどのものではない」

「北条キャプテンが知らないだけです。だから、今日私が一緒だったと知られたら大変なことになります」

どうして危険を冒してまで、北条キャプテンと過ごすことにしたのか……。

ふと考えてしまったが、たまには出かけてもいいかもと思ったからだ。

「なにかあれば言ってくれ」

「……そうですね。北条キャプテンからたまたま近くにいた同僚を誘って出かけただけだと言ってもらえたら助かります」

ハワイを象徴するダイヤモンドヘッドが右手にある。

トレッキングに人気の観光地で、四十分ほどで山頂に行けるみたいだ。まだ登ったことはないが、ワイキキビーチと街が見渡せて気持ちがいいらしい。

「屋根を開けてもいいか？」

「もちろんです」

北条キャプテンがスイッチを押すと、屋根が自動で開いていく。

風に髪の毛がなびくのを軽く押さえる。

「髪が乱れる？」

「これくらい気にしないです。気持ちいいですね。オープンカーに乗ったのは初めてです」

ハワイにはアメリカ車のオープンカーが似合うと思う。

スピードを出さないように気を使ってくれているのか、風が心地よい。

三月の日中の気温は二月よりも少し高くなっているが、湿度が低いので爽やかだ。

車はダイヤモンドヘッドを過ぎ、海沿いを走っている。

この先に、魚が多くみられるサンゴ礁の湾、ハナウマベイがある。透明度が高く人気のある観光地だ。

「北条キャプテンはオアフ島へ来ると、よくドライブをするんですか？」

「ああ。ハワイの景色が好きだから。だが有名観光地を通ることがあっても、行くことはないな」

今日のドライブも特別ではなく、いつものことみたいだ。

「私も乗務のときは行きません。ここを最初に訪れたのは大学二年のときで、友人とふたりで、ハナウマベイで遊ぼうとバスで行ったのですが、まだオープンしていなくて、バス停で途方に暮れていたら日系のおじいさんが話しかけてきたんです。そのおじいさんはオープンまでまだ時間があるから、この辺を車で案内しようかと言ってくれて……」

「もちろん話に乗らなかったよな？」

「いいえ。案内してもらいました。いちおう警戒はしましたよ？」

「なんだって？」

北条キャプテンはサングラスを通してじろりとこちらを見遣り、ブレーキをかけそうな勢いで驚いている。

「そんな目で見ないでください。私だって今考えると、けっして褒められることではないと思います。ですが、善良なおじいさんに見えましたし、トラックで海沿いを、ちょうどこの道を走り、ファストフード店でハンバーガーセットをごちそうしてくれて、再びハナウマベイまで送ってくれたんです。申し訳なくて名前を聞いたのですが教えてくれませんでした」

「今の真面目ちゃんとは思えないな。友達が無鉄砲だった？」

「いいえ。そんなことないです。結果、いい人に思い出を作ってもらえたなとときどき思い出して感謝しています。すみません。変な思い出話をしてしまって」

「いや、何事もなく心に残る思い出でよかったな。しかし、驚いたよ」

「このことは両親にも話せませんでした」

あのおじいさんは今どうしているだろう……。

「だろうな。もう少し行ったらランチにしよう」

アメリカ育ちのせいか、歯に衣着せぬ物言いをする北条キャプテンは、最初の頃苦手だったが、先月のプールサイドで話をしてからそうじゃなくなっている。むしろ、私の勤務態度を評価してくれているような気がしている。

もしかしたら、トラブルがあると気にかけて話をしてくれているのかもしれない。

しばらくしてワイマナロ・ビーチパークを過ぎて右側に曲がった場所に派手な建物が見えてきて、北条キャプテンはそこに車を止めた。

「あ！　いつか来たいと思っていたレストランです」

「ここの料理はロコにも人気で、なんでもおいしいよ」

ロコ、つまりハワイ州に生まれ育った在住者に人気とあらば間違いないだろう。

ショルダーバッグを斜めがけにして車から降り、サングラスは髪に上げながら、北条キャプテンの後に続いて店内へ入る。

コンボプレートがメインで、写真を見るとどれも食べたくなる。

チキン・ビーフ……ガーリックシュリンプ……。

ご飯の上にのっている照り焼きのチキンがおいしそうで、それとガーリックシュリンプのコンボを選ぶ。

北条キャプテンはビーフとガーリックシュリンプにした。

テラス席ですぐに運ばれてきた料理を食べ始める。

ひと口チキンを食べると、甘辛いたれがおいしくてごはんが進むおかずだ。

「そういえば、機内誌に載っていたな」

「もしかして読まれたんですか？」

「知り合いが出ているんだからもちろん読むだろう？　料理の写真がよく撮れていた」

おかしそうに笑ってから彼はアイスコーヒーを飲む。

「まさか機内誌に掲載されるとは思ってなくて。最初は電子の話だったんです」

「あのコーナーはなかなか人気があると聞いているから、機内誌に載せる方針になったのだろう」

「真衣さん、大変になりますね」

「真衣さん？」

「蓮水キャプテンの奥様で、以前はＡＡＮのＣＡでした。妊娠で退職したんですが、上層部からやってみないかと打診されて出産後インタビュアーになったと聞きました」

「蓮水キャプテンか。彼はシカゴに住んでいたが、航空会社が同じで優秀だと聞いていた。まさか同じ航空会社でまた働くとは思わなかった」

同じ航空会社だったのね。でももしかしたら皆が知っていることなのかもしれない。

他愛のない話をしながら料理を食べ終えた。

ハワイの雰囲気のせいか、今日の北条キャプテンが話しやすいせいか、思ったより楽しい。

ドライブのお礼に支払いをしようとすると、「上司が部下におごってもらうなんておかしいだろ」と言って北条キャプテンが払い、レストランを出て車に歩を進める。その後を追って自分の分だけでもと言う。

「誘ったのは俺だ。気にしなくていい」

「では……ありがとうございます。ごちそうさまでした」

助手席のドアが開けられ座ると、北条キャプテンは前を回って運転席に腰を下ろしエンジンをかけた。

「今夜、誰かと食事の約束をしている？」

「いえ……」

「それなら、時間を気にしなくていいよな？」

北条キャプテンは腕時計へ視線を落としてから、私を見る。

「え……？」

「オアフ島を一周しよう。一周といっても途中でつながっていないポイントがあるから、島の真ん中を通ることになるが」

「私はかまいませんが、北条キャプテンが疲れるのではないかと……」

「夜までには戻るし、今日はぐっすり眠れそうだ」

「それなら……」

「決まりだな」

彼は口角を上げてニヤリと笑ってから、パーキングから車を出した。


「ずいぶん熱心に写真を撮るんだな」

「え？」

スマホで景色を撮っていると、運転中の北条キャプテンに聞かれて彼の方を向く。

「さっきもメニュー表や料理、店内の様子を撮っていただろう？」

「あ、はい。喜んでもらいたいので」

そう言って、笑みを浮かべる。

「写真を見せたい特別な相手でもいるのか？」

「ええ、ハワイ旅行は特別な思い出づくりをしたい方が多いので、少しでも情報を集めてお伝えできるようにしておきたくて」

「ああ、乗客に対してか」

北条キャプテンは納得したようにそう言い、口もとを緩ませた。

松本さんが北条キャプテンを誘ったクアロアランチの近くを通っているとき、晴れているのに雨粒が落ちてきた。

「スコールだ」

彼は急いで屋根を閉めたが、容赦なく降りかかるスコールにシャワーを浴びたくらい濡れてしまった。

「すまない。大丈夫か?」

いつもクールで完璧そうに見えていた彼が、あからさまにがっくりしている。

それがおかしくて声を出して笑うと、彼がふいに私を見遣りサングラスの向こうから不思議そうな眼差しを送られる。

「どうしてそんな顔をするんですか? これくらいどうってことないですよ。ふふっ、サングラス貸してください。見づらいですよね。拭きます」

私のもそうだが、彼のサングラスにも水滴がたくさんついていた。

「サンクス」

彼は左手でハンドル操作しながら、右手でサングラスを外して差し出す。

自分のも外して膝の上に置きショルダーバッグからハンカチを取り出して、北条キャプテンのサングラスのレンズを拭いて返す。

すでにスコールはやんでいて、窓の外を見た瞬間「あ！」と驚いた。

「虹が！　あんなに綺麗に虹が出ています」

右手の海上にくっきり虹が出ており、運転している北条キャプテンには見られないかもと思っていたら、屋根が開き始める。

「ああ。綺麗だな」

「スコールのおかげですね」

スマホを出して虹を撮る。心なしか、スピードが緩められた気がする。

画面に映る虹ははっきりと色の区別ができて、紺碧《こんぺき》の海も美しく一枚の絵のようだ。

時刻は十五時を過ぎている。

北部に向けてもう少し走ったところで、北条キャプテンは広いパーキングに車を止めた。

「少し歩こう。運がよければウミガメがいるかもしれない」

「はいっ」

車から降りてビーチに向かって二メートルほどの幅の砂地の通路を歩いていると、そちらの方向からやって来る肩を抱き寄せてイチャイチャしている外国人が目に入る。

立ち止まってはキスをしたり、抱きついたりしているので、目のやり場に困り視線を逸らす。

北条キャプテンはアメリカ育ちだから、どうってことないのだろうな。

顔を若干伏せた状態で数歩前を歩く北条キャプテンの後をついていくが、少し進んだところで彼が急に立ち止まったので、勢いよく広い背中にぶつかり、ふわっとウッディ系のフレグランスが香った。

「す、すみませんっ」

「いや、大丈夫か？　ほら、向こうにウミガメがいる」

「え？」

通路から視界が開け、透明度がありそうな海と白い砂浜、そこに二匹の大きなウミガメがいた。遠巻きに数人いて写真を撮っている。

「砂浜にいるウミガメは、初めて見ます」

ウミガメはハワイ語で〝ホヌ〟。幸運をもたらす守護神という意味がある。

「見られてラッキーです」

「そうだな」

少しだけウミガメに近づき、私もスマホに収める。

虹とウミガメ、なんかいいことが起こりそう。

実際に本当にいいことが起こるとは思えないが、そう考えれば気分が浮き立つ。やはり松本さんの件が吹っ切れていなかったようだ。

ウミガメから離れ、波打ち際まで歩を進めた。

北条キャプテンは少し離れたところに立って海を眺めている。

仕事で来たときは水着を着てビーチやプールで遊ぶことはないが、ハワイの南国の雰囲気を味わうために、濡れてもいいサンダルで足首あたりまで浸かることがある。

今日のサンダルは濡らしたくないので、脱いで手に持って砂地を海に向かって歩き浸かる。

ひんやりと冷たい水が足首までかかり気持ちいい。

戻ろうと振り返り海に背を向けたとき、北条キャプテンが「おい！　波！」と大きな声をあげた。

え？と、思ったところで波が膝上まで濡らした。もちろんワンピースの裾がぐっしょりに。

「嘘……」

自分が濡れたことにあっけに取られているうちに、また波が押し寄せ、体勢を崩して倒れかけたところに北条キャプテンがやって来て、驚くことに私を抱き上げた。

「お、下ろしてくださいっ」

「黙ってろ。そのままで歩くと砂が跳ねて服が汚れるぞ」

バッサリ言い捨てられてしまい押し黙るが、男性にお姫さま抱っこされたのは初めてで、心臓がドクドク暴れている。速すぎる鼓動が彼に届かないよう祈るしかない。

北条キャプテンが水道のあるところまで連れていってくれ、私は足を洗う。それからティッシュで足を拭いてサンダルを履いた。

「ありがとうございました」

少し濡れてしまったワンピースの裾を絞る。

「大丈夫か？」

「はい。すぐに乾くはずです」

楽しい気分でにっこり笑みを浮かべた。


車はオアフ島の真ん中の道路を走っている。左右が畑や住宅地という単調な景色が続き、眠気に襲われる。

「寝てていいぞ」

「絶対に寝ません」

日没は十八時四十分頃で、暗くなるにはまだ一時間ほどある。それくらいにはホテルに着くだろう。部屋に入ったらシャワーを浴びて、すぐにでも眠れそうだ。

「そろそろ夕食を食べて戻ろう」

「夕食を？」

「ああ。食べないつもりか？　腹を空かせて真夜中に目を覚ますぞ」

それも一理ある。

「クルーが絶対に来ないローカルな店を知っているんだ。そこへ行こう。アヒポキが好きだったよな？」

二月のプールサイドで話をしたことを覚えているなんて、記憶力がよすぎる。

「はい。大好きです」

「では食事をして帰ろう」

北条キャプテンの口もとが緩むのが見えた。

ホテルの部屋に戻ってきた。時刻はもうすぐ二十時になろうとしている。

北条キャプテンが連れていってくれたのは、ワイキキから少し外れた場所にあるとてもおいしいハワイアン料理を出すレストランだった。

たしかにあそこならクルーも足を運ばないだろう。

「ふぅ～楽しかった」

そう口にして、ハッとなる。

私……北条キャプテンと一緒に出かけて楽しかったと思えたのだ。

ドライブ中の彼はとても話しやすかったし、印象はガラッと変わった。やはりちゃんと話したり、一緒に過ごしたりすれば、人となりがわかるものだと実感できた時間だった。

松本さんのわだかまりが残らなければいいな。

北条キャプテンは報告書はいらないと言っていたけれど、どういう形でフルーツミールを調達し、誰が関わったのか書いた方がいいし、私もしっかり念を押さなかったのがいけなかった点だと思う。

「報告書は明日の朝書くことにして、今は入浴して眠ろう」

バスタブに湯を張りにバスルームへ行き、たまったところで服を脱ぐ。

自宅から持参している、以前ここで買ったプルメリアの香りの入浴剤を使う。いい香りに癒やされながら、心地よい疲れをほぐすようにゆっくり浸かった。

三、パーティーへの誘い

四月に入って最初の休日。三月はハードな勤務が続いたので、ようやくゆっくりできる。

夜、夕食を食べ終えてスマホで美容のＳＮＳを見ていると、メッセージアプリに新潟にいる弟からメッセージが入った。

私には二歳下の弟、俊人《としひと》がいて、一年前に結婚をした。奥さんの桜《さくら》さんは妊娠中で、もうすぐ出産だと聞いていた。

「もしかして」

生まれたのだろうかと、メッセージアプリを開いてみると、夕方女の赤ちゃんが生まれたと書かれてあり、病室のベッドで桜さんに抱かれた赤ちゃんの写真がある。

「かわいい……」

メッセージではなく直接お祝いを言いたくて、弟のスマホに電話をかけた。数回のコールで俊人が出る。話すのは久しぶりだ。

《姉ちゃん！　メッセージ見たか？》

「うん。おめでとう。トシがパパになったなんて想像できないけど」
《日葵《ひまり》ちゃん、すごくかわいいんだ。もし来られるなら、小さいうちに姪に会いに来てやってよ》
「日葵ちゃんって名づけたのね。かわいい名前だわ。そっちに行ける休みが取れるか、考えてみるわ」
《あ、ちょっと母ちゃんが話したいって》
弟夫婦は実家暮らしなので、今は母が近くにいたようだ。
《もしもし？　七海。たまには顔を見せに来なさいよ》
「うん。ごめん。今度、日葵ちゃんに会いに行くわ」
《ええ。赤ちゃんはいいわよ〜、退院したら賑やかになってうれしいわ》
孫の誕生に、目尻を下げている母の顔が目に浮かぶ。
《ねえ、七海はいい人いないの？　もうすぐ二十九でしょ？　すぐに三十路《みそじ》よ？》
「今は独身の三十代はたくさんいるわ。うちの会社にも――」
《人は人よ。この前、お隣の緑川《みどりかわ》さんから七海にいい人がいなかったら縁談があるって言われたのよ》
「え？　それは嫌よ。いつかは結婚したいと思っているけれど、これればかりは縁だから。焦ってもしょうがないでしょう？」

《悠長なことを言っていたらずっと結婚できないわ。紹介されるのも〝縁〟よ。お父さんも七海の花嫁衣装を着たところを見たいって、この前言っていたの》

私を結婚させたがっている母の熱量に負けそうだ。離れていてよかった。

「お母さん、大学に行かせてくれたおかげで、大手航空会社のＡＡＮにいるのよ？結婚したら仕事ができなくなるかもしれないわ。だからもう少し今のままでいさせて」

今は孫が生まれたばかりでそっちに気持ちが向きっぱなしなのか、母は《まあ、よく考えるのよ。いつまでも若くないんだから》と言って、通話を終えることができた。

スマホをテーブルに置いて「はぁ」とため息が漏れた。

二十八にもなって恋愛経験は二回しかない。大学のときの同級生と、ＡＡＮに入社して二年目にできた恋人。先輩に誘われてＣＡと起業家の合コンに参加し、そこで大手ＩＴ企業に勤める少し年上の人とお付き合いをすることになったのだ。

あのときは彼が素晴らしい人に思え、少しでも会いたくて、忙しい中時間をつくって会っていた。でも、しだいに彼の方の都合が悪くなっていき、向こうの心が離れた気がした。

彼の車に乗ったとき、私のものではないリップが落ちていて浮気を疑い始め、思った通りふた股をかけられていたことが発覚して即別れた。

それ以来、男はすぐに浮気するものと思い、数年間男性不信になったが、真衣さんの結婚を見て誠実な男性もいると、去年あたりから思い直した。

ひとえに、私に男性を見る目がなかったのだ。

だけど、日々忙しいし、恋人がいなくても楽しく生活しているからとくに欲しいとは思っていないのが本心だ。


『当機は、ただいまからおよそ二十分で羽田空港に着陸する予定でございます。シートベルトを今一度お確かめください。ただいまの時刻は午後九時十五分。天気は晴れ、気温は十四度でございます』

チーフパーサーは機内アナウンスを続けている。

今日は羽田―香港《ホンコン》の往復便で、茜と一緒だ。私たちＣＡは通路を歩いて、乗客のシートベルトを目視してから自分たちの席に向かう。

その後、着陸に備えて座席に腰を下ろし、シートベルトを装着する。

今日の機長は五十代のベテランキャプテンだ。

当機は十時二十五分に羽田空港を飛び立ち、香港国際空港に到着して二時間三十分後、搭乗客を乗せてとんぼ返りのフライトだった。

着陸後、乗客を笑顔で見送り、機内点検を済ませてからオフィスへ向かう。

とくに問題にあがるものはなく解散になり、私服に着替えるため茜と一緒に更衣室へ行く。

「泊まりがないと疲れる～。今日一日長かった」

更衣室に着くとロッカーの前で茜は両手を上げて、左右に動かしている。

「明日も同じ勤務ね」

「早く帰って休まなきゃ」

十時二十五分の香港便のショーアップ、つまり集合時間は二時間前。身支度があるので遅くとも八時には着いていたい。

急いで着替えて更衣室を出ると、タクシー乗り場へ歩を進める。

タクシー待ちは五人ほどいて、並んで待っているうちに私たちふたりだけになった。

すぐに一台のタクシーがやって来た。

「茜が乗って。すぐに来るから」

自宅は彼女の方が二十分ほど多くかかり遠いので、先に乗っていくよう言う。

「ごめん。お先に」

茜はタクシーの後部座席に乗り込み、私に手を振っているうちに走り出した。

それから十分待ってもタクシーは現れない。うしろにも数人並び始めている。

時刻は二十三時を過ぎていて、あくびを噛み殺す。

春も本番になったとはいえ、朝晩は寒い。ベージュの春コートの襟を立たせたところで、黒のＳＵＶ車が目の前に止まった。

窓ガラスが下がり、運転席には北条キャプテンがいた。

「送っていく。乗って」

「大丈夫です。タクシーは間もなく来るはずです」

「いいから。寒いんだろう？　風邪をひくぞ」

「……わかりました」

おそらく北条キャプテンは乗務の後。疲れていると思うから、ここですったもんだしているうちに時間が経つのも申し訳ない。

ドアを開けて、少し高さのあるＳＵＶ車の助手席に座った。

「ありがとうございます」

「住所は？」

カーナビに住所を入れた彼は車を動かす。そのときもまだタクシーは来なかった。

「お疲れのところ、申し訳ありません」

「シドニーからの便が機材不調で出発が二時間遅れたんだ」

通常二十時十五分に羽田空港に到着だ。

「余計疲れたのではないですか？　やはり私はタクシーで」

「明日は休みだし、君を送っていくことくらいわけない。それに君のマンションから自宅まで十五分くらいだ」

「お休みなんですね。私は今日と同じ香港線の乗務です」

「ああ。じつは江上さんに話があったんだ」

「お話……？」

北条キャプテンが私に？　なんだろう。

「そう。大事な話で、車の中で話せることではない。明後日は休みか？」

「はい。そうですが……大事な話って……？」

思わず尋ねると、前を見て運転している北条キャプテンは苦笑いする。

「簡単に説明できないんだ、ランチに誘いたい。俺は夕方からハノイ便だから」

「わかりました。すみません、話せることではないと言っているのに聞こうとして。でも、なんの話だろうと心配になります。私、なにかミスを……？」

「仕事の話ではないから。それに君はミスをしないだろう？　全面的に信頼の置けるＣＡだよ」

「なんか褒められすぎて、さらに不安になります」

そう言うと、今度はおかしそうに彼は笑う。

「不安になる必要はない。十一時三十分に迎えに行く」

そのとき、カーナビが「目的地に到着しました」と知らせる。

「ここ？」

白い七階建てのワンルームマンションの前に車が止められる。

「はい。そうです」

「空港から近いな」

「とても便利です。たしか数人のＣＡが住んでいると聞いています。送ってくださりありがとうございました。では、明後日に」

「ああ。心配するような話ではないから、安心して明日の乗務もがんばってくれ。見送りはいいから入って」

車から降りてドアを閉めてから頭を下げて、ガラスの扉に歩を進めた。

北条キャプテンは『心配する話ではないから』と言っていたが、翌日の乗務は手が空くたびに思い出して気持ちが落ち着かなかった。

だが、仕事は仕事。

北条キャプテンが言うように、毎回完璧を目指して乗務している。

昨日と同じようにとくに問題になる案件もなくデブリーフィングを終えて、タクシーで帰宅した。


疲れ気味だったので、十時まで眠ってスッキリした気分で目を覚ました。

十一時三十分の北条キャプテンのお迎えまでに支度を済ませなければと動きだしたとき、母から電話がかかってきた。

スマホの通話をタップして出る。

「お母さん、どうしたの？」

《よかったわ。つながったわ》

少し急いているような声色に首をかしげる。

《この前、緑川さんが紹介したいって言っていたでしょう？　数年前の写真だけど、お相手の方に見せたらしいの。そうしたら乗り気で。ぜひ、お見合いさせてほしいと

言われたのよ。いつ帰ってこられる？》

「お母さんっ！　そんなこと言われても困るわ。まだ結婚よりも仕事なの」

《だから、その仕事をしていたら、いき遅れるって言っているでしょう？　帰ってこられる日を近いうちに連絡してね。じゃあ》

「え？　ちょっと待って――」

通話が一方的に切られてしまい、あぜんとなる。

折り返し電話をしようとしたが、スマホの画面に出ている時間に慌てる。

早く支度をしなくっちゃ。

髪はうしろでひとつに結んでスッキリさせ、カーキのワンピースにした。前ボタンでウエストは共布のベルトをすると、色味的に少しミリタリーっぽくなる。

「髪は結ばない方がいいかな……もう少し女らしく……」

バレッタを外そうとして、ハッとなる。

別に私がどんな格好をしていたって、北条キャプテンには関係ないし気にしないだろう。

本当になんの話なのだろう……。

待ち合わせ時間の五分前にエントランスに下りると、黒いＳＵＶ車が道路に止まっていた。一昨日《おととい》は夜だったからわからなかったが、かなり車体が大きい高級外車だ。

北条キャプテンが車から降りて姿を見せる。

「おはようございます」

ＣＡになってから、さすがに夜の勤務のときは『こんばんは』と挨拶するが、それ以外は『おはようございます』になっている。

「おはよう。どうぞ」

助手席のドアを開けた彼は私を促し、私が座席に座ると運転席に戻ってくる。

「お迎えすみません」

「いや、俺の用事だから。品川《しながわ》のホテルのレストランにした」

北条キャプテンは車を流れに合流させて走り出す。

彼はグレーのジャケットにチャコールグレーのスラックス、ワイシャツではなくクルーネックの白いＴシャツ姿だ。

品川の五つ星ホテルの一階にイタリアンダイニングレストランがあり、北条キャプテンはそこへ私を案内する。

白いテーブルクロスのかかったふたり掛けのテーブルに案内されて座る。

クリーム色の棚に花瓶などの調度品が配置されて、落ち着いた雰囲気のあるレストランだ。

「好きな物を言ってくれ。アヒポキはないが」

冗談を言われて、破顔する。

「もちろん、ここにないことくらいわかります。お任せしてもいいですか？」

「ＯＫ。飲み物は？　ワインでも？」

「い、いいえ。ひとりで飲みません」

北条キャプテンはこの後フライトだから飲まない。軽く飲むのは好きだが、ひとりでは普段も飲まない。

「では、ノンアルコールのスパークリングワインにしよう」

彼はウエイターに料理と飲み物をオーダーする。

ふたりだけになると、再び話が気になってくる。

「……あの、お話は……？　こんな素敵なところでのランチに、ちょっと不安がよぎりました」

「不安になることではない。パーティーに同伴してほしい」

「パーティー……？」

どんなものなのか戸惑う。

「パーティーといってもたいしたことないカジュアルなものだ」

「わかりました。一緒に出席すればいいんですね。そんなことくらいぜんぜんかまいません」

肩に力が入っていたが、北条キャプテンの言葉にそんなことだったのかと、力が抜けた。ホッと安堵して水の入ったグラスを口にする。

「ありがとう。ただし、恋人のフリをしてほしい」

「ゴホッ！」

飲む前でよかった。口に含んでいたら、北条キャプテンにかけていたところだ。

「こ、恋人のフリって……？」

「主催者は長くお世話になっている人だから安心させたいんだ。君にしかこんなこと頼めない」

「なんとなくわかります。私もこのままだと母に縁談話を進められそうで本当に困っていて、嘘でも恋人がいると言えばせっつかれなくなるかなと。でも、北条キャプテンの彼女さんは都合が悪いのですか？」

「いや、恋人はいない。だから君に頼んでいるんだよ」

そこへノンアルコールのスパークリングワインがアイスクーラーに冷やされてワゴンで運ばれてきた。

胸の辺りにソムリエのバッジをつけた男性が私たちのフルートグラスにサーブし、離れていく。

入れ替わりに前菜のサーモンの炙りカルパッチョの皿がテーブルに置かれた。ウエイターは料理の説明をして去り、私は口を開く。

「北条キャプテンなら、お付き合いしている方がいると思っていました。私よりも恋人役としてもっとふさわしい人がいると思うのですが。たとえば松本さんは？」

「松本さん？　やめてくれ。本気になられたら困る。食べよう」

北条キャプテンはサーモンにナイフを入れて食べ始める。

私なら本気にならないと思っているのね。

「美人なので、北条キャプテンにピッタリだと思って。彼女なら主催者の方も納得してくれるのではないかと」

「君だって美人だ」

食べる手を止めてまっすぐ見つめられ、頬に熱が集まってくる。照れ隠しに首を左右に振る。

「……目がおかしいですよ」

「コーパイたちが騒いでたぞ、うちのＣＡは美人が多いと」

「そういう話はセクハラにあたります」

職場で女性の容姿を話題にするのはよくないので毅然と返答したら、彼はふっと小さく笑った。

「ただ単に誰が美人か話をしているだけだから、セクハラにはならないだろう。コンプライアンス的にセーフだ」

コーパイつまりは副操縦士で、機長たちは会話に入っていないってことなのか。

「まあ、そんな話で盛り上がれるのも若いうちだがな」

「そんな言い方、年寄りくさいです。北条キャプテンも充分若いですよ？」

北条キャプテンは口もとを緩ませる。

「松本さんと君はツートップで美人と言われているぞ」

そのわりにはコーパイから声をかけられることはなくて、本当なのかと疑う。

「にわかに信じられませんが、そんなのどうでもいいです」

「それで、同伴してくれるのか？」

「はい。勤務と被らなければいいのですが。パーティーの日が五月であれば今から届出を出せます」

頭の中でいつまでに出せばよいのか考える。締め切りは三日後だ。

「ありがとう。五月十日の土曜日で、十九時からだ」

「シフトがどう出るのかわからないので、年次有給休暇出しておきます。大事な話って言うので、不安だったんですよ？　一緒にパーティーに出るくらいなら車の中でもかまわなかったのに」

「だが恋人のフリだから、車の中で話したら即座に断られると思ったんだ」

北条キャプテンはノンアルコールのスパークリングワインを口にする。

「……たしかに、そうかもしれません。なんの話だろうと思って心配したぶん、そんなことならっていう気持ちになりましたし。あ！　そういう魂胆だったんですね？」

「まあ、そんなところか」

北条キャプテンの恋人のフリなんてドキドキして緊張してしまいそうだが、ハワイでもお世話になったし、恋人のフリくらいかまわない。

前菜の後、春を彩る菜の花や筍《たけのこ》、あさりなどの三種類のパスタやラム肉のソテー、ピスタチオのケーキとマンゴーのジェラートの盛り合わせなどをいただき、北条キャプテンは私を送った後、羽田空港のオフィスへ向かった。

四、困惑の偽装結婚

繁忙期のゴールデンウィークが過ぎた。

恋人のフリを頼まれて以来、北条キャプテンと台湾のフライトで一緒になっただけだった。台湾なので、往復のフライトだから現地でゆっくりはできない。

前回ランチをしたときに連絡先を交換していた。パーティー当日の十八時三十分に迎えに来ることや、ドレスコードなどが書かれたメッセージを受け取っているが、どのくらいの規模なのかわからない。

ただ、結婚式に出席するような格好ほど決め込まなくても大丈夫だとあったので、さほど仰々しいパーティーではないのだろうと推測した。

久しぶりにおしゃれなワンピースを新調した。

淡い青紫色のシフォン素材のエンパイアワンピースで、甘めの色味だがラインが綺麗に見えて、これならばたいていのパーティーなら大丈夫そうだと購入した。

大きめの襟ぐりとハイウエストに切り替えがあり、ストンとしたシルエットが特徴的なワンピースで、着ると優雅な気分になれる。

ボリュームのある袖は透け感があって春先から秋口まで着られそうなので、このパーティーだけじゃなくて、ほかのちょっとした集まりでも重宝しそうだ。

髪形は夜会巻きでは仕事っぽいので、軽く左右を編み込んでシニヨンにする。クリーム色のストラップサンダルとクラッチバッグを持てば完成。

等身大の鏡の前で姿を確認する。

北条キャプテンの恋人役で、主催者の方に引き合わせるのが目的だから、やわらかいイメージになるようにメイクをした。

CAのOJTではメイクの仕方も習った。仕事ではもう少しきりっとした表情をつくる。

新人のときは今みたいなやわらかめのメイクだったが、中堅ともなるとお客様に対して責任を持って職務にあたっている印象をより出した方が安心していただけるだろうと、眉を少しはっきりさせている。

北条キャプテンは時間に正確だから、五分前に部屋を出てエレベーターに乗った。

案の定、黒いSUV車が道路に止まっており、北条キャプテンが降りてくる。

ブラックスーツ姿の北条キャプテンに、心臓が一瞬だけ止まった気がした。

制服姿も素敵だが、ベストから覗《のぞ》くドレスシャツのブラックスーツ姿は高身長の体躯によく似合い、着こなしは堂に入っている。

「おつかれさまです」

いつもは何気なく流している前髪も今日はアップバングにしていて、いつもよりも男の色香を漂わせている。

「おつかれ。いつもと違う雰囲気で驚いたよ。綺麗だ」

「ふふっ、北条キャプテンでもお世辞を言うんですね」

「俺は本当のことしか言わない。さ、乗って」

え……？　本当に、私を綺麗だと……？

驚きを隠せないが、北条キャプテンが助手席のドアを開けたので、ワンピースの裾に気をつけながら乗り込む。

ドアを閉めた後、北条キャプテンも車の前を回って運転席に座り、私のシートベルトを確認してアクセルを軽く踏んだ。

「ところで、北条キャプテンと呼ぶのはなしにしよう。恋人らしくない」

「あ……そうですね」

「俺のことは呼びやすいように呼んでくれ。呼び捨てでもかまわない。ＬＡではトーマと呼ばれていたし、両親はアメリカで生活しているから気にしないだろう。君のことは七海と呼ばせてもらう」

思いがけない呼び方に胸がキュッとした。

「はい。それでは透真さんと呼ばせていただきます」

「わかった」

車はパーティー会場のホテルへ向かっている。東京《とうきょう》のシンボルマークの近くに建つ五つ星ホテルだ。

「じつはパーティーの主催者はＬＡに住む養父母だ」

「え？　養……？」

理解できなくて、戸惑いながら運転中の北条キャプテンの方へ顔を向ける。

「そう。俺が九歳の頃に父が交通事故で亡くなり、十二歳のとき、シングルマザーの母が子どものできない妹夫婦に養子に出したんだ。しっかり教育を受けさせたいのが理由だった。実母は一年後、金持ちの男と再婚したんだが」

北条キャプテンの声色から、養子に出した実母に対して苦い思いをいだいているような印象を受ける。

私がそんな大事なことを知っていいのか、センシティブなことを聞いてしまい困惑する。

そんな私の心情を察したのだろう、赤信号になるとこちらへ顔を向けて苦笑いを浮かべた。

「養父母は喜んで俺を日本まで迎えに来てくれて、養子の手続きの後ＬＡへ渡った。養子に出されたおかげで、いい環境で生活し、幼い頃からの夢だったパイロットにもなれた。交通事故で亡くなった父がパイロットで憧れていたんだ。実母とも普通に会話はする」

「北条キャプテン……」

まだ心にわだかまりがあるように見える。

「透真だろう？　そんなことではバレるぞ」

青信号になり、車を発進させた彼は注意する。

「あ、はい。透真さん」

練習のために呼んでみると、「それでいい」と前を見ながらうなずいた。

養父母はロサンゼルスで鉄板焼きのチェーン店を展開し、今では全米の主要都市に店舗があるという。今回東京店をオープンさせるため来日し、パーティーを開くことになったと教えてくれた。

十二歳のときといったらまだ小学六年生。多感な時期だっただろうし、母から養子に出され傷ついたのではないだろうか。それに外国での新生活で環境も変わって……。

想像すると、胸がギュッと締めつけられた。


五つ星ホテルのロビーは三十五階まで吹き抜けになっており、エレベーター四基が高速で上下している。

このホテルへ来たのは初めてだ。すぐ近くに東京のシンボルタワーがあり、こんな大きさで目にするのは久しぶりになる。

ボウルルームは三十階にあり、透真さんに案内されてエレベーターに乗り込む。吹き抜けのロビーが見える二十人乗りの箱の中には私たちだけだ。

「ああ……そうだ。俺が十八のとき、ふたりは子宝を授かった。妊娠できないとあきらめていたから天と地がひっくり返ったみたいに大騒ぎだったよ。無事に男の子が生まれ、現在は十四歳になる」

「年の離れたきょうだいって、どんな感じですか？」

「かわいい弟だよ。彼も俺を慕ってくれている。健斗《けんと》が大人になったらどうなるかわからないが。今はパイロットになりたいと言っているよ」

透真さんが思い出したように笑みを漏らす。

その言葉で、義理のきょうだい関係がうまくいっているとわかる。

エレベーターはもうすぐ三十階に到着する。

「恋人らしく、肩やウエスト辺りに触れてもいいか？」

「え？　そ、そうですね。そうしないと、らしくないかと」

エレベーターを降りたときから、恋人のフリが始まる。

箱から降りて、ボウルルームの観音扉の横に受付のテーブルがあるのが目に入った。しかし彼はそちらへ見向きもせずに、私の腰の辺りに手を置いて会場へ歩を進める。

主催者の息子なのだから、顔パスなのだろう。

透真さんの堂々とした足取りでエスコートされながら会場へ入ると、想像していたよりも大勢の着飾った男女が談話していた。

私たちの前にドリンクをサーブするボーイが立ち止まり、透真さんはなにを飲むか私に尋ねる。

オレンジジュースのグラスをもらい、彼はノンアルコールのスパークリングワインの入ったグラスを手にした。車で来る招待客のために、ノンアルコールのドリンクが数種類用意されているようだ。

会場の壁に沿って、ブッフェのテーブルが並び、コックコートを身に着けたシェフが各所にいて、招待客の前で調理して提供している。

遠目から見てもとてもおいしそうで、大事なときにおなかが鳴らなければいいなと願う。

「ご両親はどちらに……？」

私を会わせるのが目的だから、緊張する役目は早く終わらせたいのが本音。

透真さんは視線を二十メートルほど離れた五、六人で談話している男女に動かす。

「あそこにいる。水色の着物を着た女性と、隣にいるタキシードの男性が両親だ」

五十歳は過ぎていると思われるが、とても若々しく見える。

「お着物だなんて、素敵ですね」

「向こうでは喜ばれるからと、パーティーでよく着ているよ」

そう言って、ノンアルコールのスパークリングワインのグラスに口をつける。私もオレンジジュースを少し飲む。

「盛況なパーティーですね」

招待客の中には外国人も多くみられる。

「ああ。七海、準備はいいか？　養母《はは》たちがこっちに来る」

ドクッと心臓が跳ねる。

ふいに名前を呼ばれて心臓が高鳴ったのか、大事な任務を遂行する時がきて心臓が跳ねたのか、どちらなのか自分でもわからない。

車の中で一度呼ばれたんだから、後者だろう。

飲んでいるときは腰に置いていた手は離されていたが、再びウエストの辺りに触れ、体が密着する。

「トーマ！」

「マム、元気そうだね」

笑顔の女性が透真さんの前へ進み出てハグをする。その際、彼の手は私から離れる。

親しみやすそうな笑顔で、かわいらしい人というのが第一印象だ。

「ダディ、おめでとう」

「ありがとう。トーマ」

男性は白髪もなく、スラリとしたタキシードが映えるスタイルだ。

「恋人を紹介するよ。彼女は同じ航空会社で働いている客室乗務員の江上七海さんです」

「まあ、ＣＡさんなのね。素敵なお嬢さんだこと。ねえ。あなた、やっとトーマを支える女性ができたのよ」

「ああ。トーマにピッタリで、お似合いだ。七海さん、トーマをよろしく頼みますよ」

緊張していたが、朗らかで親しみやすい養父母に愁眉を開き、笑みを浮かべる。

「七海さん、トーマをよろしくね。私のことは智子《さとこ》、主人は譲司《じょうじ》と呼んで」

智子さんは外国に住んでいる人らしく、私にもハグをする。

騙《だま》していることに罪悪感が芽生える。

「透真さんにはいつもお世話になっています。素晴らしいパイロットで、心から尊敬しています」

「トーマの操縦は以前の航空会社でも定評があったのよ」

誇らしげな智子さんを見て、息子への心からの愛を感じる。

「七海さん、妻は親バカなんだよ。トーマはもう大人でそんな母親のことはわかっているが、弟のケントはうんざりしているんだ」

「素敵なご家庭だと想像できます」

近くでふたりを呼ぶ声がして、透真さんが口を開く。

「主役は招待客と話をしてきて。俺たちは食事をするから」

「ええ。七海さん、たくさん召し上がってね。またお話ししましょう」

私たちから離れたふたりは先ほど声をかけた年配の男女のもとへ行った。

「……罪悪感に襲われました」

そう言うと、透真さんはおかしそうに笑う。

「そんなふうに思う必要はないさ。ふたりが安心してくれれば成功だ。食事をしよう」

数多くの料理が並んでいるブッフェのテーブルに向かう。

さすが五つ星ホテル。豪華な料理が並んでいる。

一画にテーブル席を設けてあるので、そこで食事ができる。

シェフが牛肉の塊をスライスしてサーブしてくれるローストビーフの皿をもらい、食欲を誘う色とりどりの前菜なども皿に取り、テーブルに着いてふたりで食べ始める。

「とてもおいしいです」

「アルコールを飲めばいいのに。ちゃんと送っていく」

彼はそう言って微笑み、海老とアボカドがのったカナッペを口にする。

「いいえ。今日は遊びに来ているわけじゃないので」

「本当に君は真面目ちゃんだな。ふたりは信じて安心しているし、君に頼んでよかったよ」

ふいに、恋人のフリはこの場限りだということになにか言いようのない空虚感に襲われた。

意外と私は透真さんの恋人役を楽しんでいたみたいだ。

食事をしながらしばらく、周りの誰が見ても恋人同士みたいにときどき手を握ったり、見つめ合ったりしていた。

「ここに」

彼の親指が私の下唇に触れる。その感触にドクッと心臓が跳ねる。

「ソースがついていた」

そう言って、指についたソースをなめる。その仕草が官能的でさらに鼓動が大きく暴れる。

「なめちゃ……」

唇についたソースをなめられて驚いた。

「恋人ならこれくらいするだろう？」

透真さんが心から愛する女性ができたら、絵に描いたような甘くて素敵な恋人になるに違いない。

ほんと、人って近づかなければわからない面がたくさんあるのね。

「透真さん、レストルームへ行ってきます」

「ああ、場所はわかるか？」

「案内が出ていると思いますから大丈夫です」

席を立ち、会場の端を通り閉じられた観音扉へ行き、そこに立っている女性スタッフにレストルームの場所を尋ねた。


会場の熱気で少し暑く、メイク崩れが気になっており、パウダーを使った後リップを塗って手早く直して会場へ戻る。

時刻は二十時を回ったところで、まだまだ招待客は話に花を咲かせている。

透真さんはどこに……？

先ほど座っていた席に姿が見えず、周りにいる人に注意しながら捜していると、突然近くで背後から肩に「ドンッ」と衝撃を受けた次の瞬間、いくつものグラスが割れる音がした。

振り返ると、ボーイが「申し訳ありません！」と言ってしゃがんでグラスの破片を拾おうとしている。

こういうときもＣＡとしてのキャリアを生かし、平常心でいられる。

手伝おうとしたとき、男性の怒鳴り声が聞こえてきた。

「君！　なにをやってるんだ！　君の不注意だろう？　客をけがさせるところだった

じゃないか」

初老の白髪交じりの男性はボーイを大きな声で叱責する。

「あなたもね、手伝う必要はない。まったく、いい大人がパーティーの作法もわからんのか。これだから年若い女性は」

「それは……失礼しました」

「いやいや、最高級ホテルのボーイがこんなみっともない粗相をするなどけしからん」

周りがざわざわして、注目を集めてしまった。

「も、申し訳ありません」

二十代後半と思われるボーイは男性の剣幕に平謝りだ。

「七海、大丈夫だったか？」

そこへ透真さんが颯爽と現れた。彼は私の肩に手を置き、ボーイにもけががないか尋ねる。

そして、白髪交じりの男性を冷めた目つきで見た。

「ここでは片づけの邪魔になります。少し移動しましょう」

「透真君じゃないか。私はただ、この場を未熟なボーイのせいで台なしにされるのは許せなくてな。この女性もね、マナーがなっていないんだよ」

男性はたいそう不満そうに大きなため息をつく。

透真さんは男性と知り合いのようだ。

それにしても、先ほどの表情とは打って変わって彼の顔つきは冷たく見える。

「彼女は心優しいので、手を貸さずにはいられなかったんでしょう。将来私の妻になる、大切な女性です」

「君の妻になる？」

「え！」

今、妻になるって言った⁉

「ええっ⁉　透真さんの？」

女性の驚く声がして、憤慨していた男性の隣に立ち、透真さんと私に視線を向ける。

タイシルクのシルバーのツーピース姿の小柄な女性は、透真さんの養母に似ている。

もしかして……。

「七海、けがは？」

透真さんはしゃがんで私の足もとを確認する。

「大丈夫です」

ワンピースのおかげで破片は脚にあたらず防げたが、飲み物がところどころに飛んでいた。

「染みになっている」

「ほとんど目立たないので大丈夫です」

「私に見せて」

小柄な女性がしゃがんでワンピースの裾にハンカチをあてる。

「あ、いえ。大丈夫ですから。お立ちください」

困惑しながら一歩後退する。

「由紀《ゆき》さん、七海が困惑している」

透真さんが女性を立たせると、先ほど私を叱責した初老の男性が隣に来る。

「いやぁ、透真君の婚約者に申し訳ない」

こ、婚約者……？　あ、さっき透真さんが妻になる女性って言ったから……。

「山形《やまがた》さん、いきなり怒鳴るのは紳士的じゃないですよ」

養父母への態度とガラリと違うのではないか。

「そうですよあなた。失礼だわ。ホテルの従業員がいけないにしろ、口を慎まないと」

由紀さんと透真さんに呼ばれた小柄な女性が、男性をたしなめる。

「いやはや、本当に申し訳ない。お嬢さん、驚かせてしまい心からお詫びします」

透真さんに言われたというよりも、女性にたしなめられたことからタジタジといった雰囲気だ。

騒がせてしまったせいで、透真さんの養父母も慌てた様子でやって来た。

「ボーイが七海さんにぶつかったってお聞きしたの。七海さん、大丈夫？　けがはない？」

智子さんが心配そうに私を見る。

「お騒がせしてしまって申し訳ありません」

「七海さんのせいじゃないわ」

智子さんに賛同するように小柄な女性が「そうよ。あなたのせいじゃないわ」と口にする。

小柄な女性はきっと透真さんの実のお母様で、山形さんは再婚相手だろうか。私の想像が合っていれば、ここに透真さんのご両親が二組いることになる。

しかし、智子さんと由紀さんとの間にはぎこちなさが漂っているように感じる。

先ほどの透真さんの冷たい表情が気になって彼を仰ぎ見た。

「七海、実母と再婚相手の山形さんだ」

やはりそうだったのだ。

紹介されて、お辞儀をして挨拶をする。

「江上七海と申します」

「姉さん、七海さんは客室乗務員なのよ。トーマと同じ会社の」

「CAさんだったのね。どうりで所作が美しいと思っていたの。さっき透真さんから婚約者だと聞いたのよ。久しぶりに会ってこんなめでたいことはないわ」

智子さんは由紀さんの言葉に目を大きくした。

「まあ、さっきは婚約者だと紹介してくれなかったのに」

少し責めるような口ぶりに、透真さんは「ごめん。じつは結婚する予定なんだ。紹介したときは、婚約者という言葉が思い浮かばなかったよ」

なんだか大事《おおごと》になってきたような気がする。

「うれしいわ。心を決めたのなら待つ必要もないわね。すぐにでも婚姻届を出すといいわ。それからゆっくり結婚式場を探しましょう。LAでしてもいいわよね。結婚式が楽しみだわ。あなた、家族が増えるのよ」

智子さんは満面の笑みを譲司さんに向ける。

「実にめでたいじゃないか。妻は日本でひとり暮らしをするトーマを常に心配していましてね。七海さんのような素敵な方がそばにいてくれれば安心だ」

け、結婚？

「ええ。待つ必要はない」

透真さんは、困惑しながらも表情は出さないようにしている私に麗しく笑った。

どういうこと……？

養父の譲司さんと山形さんも喜んでいる。

私はなにも言えず、後で誤解を解いてもらわなければと思案していた。


パーティーが終わり、透真さんの車は夜の街を静かに走っている。

街灯が淡い光を投げかけ道路を照らす。

ハンドルを握る透真さんの顔には満足げな微笑みが浮かんでいるが、その目は前方の道路にしっかりと集中している。

彼の実母から言われた言葉を思い起こした。

『七海さん、あなたと仲よくしたいわ。名前で呼んでね。由紀よ。結婚したら遊びに行かせて。私たちの事情はわかっていると思うけど、これを機に母親らしいことをさせてほしいの。あなたのような方が透真さんの奥様になるなんてうれしいわ』

結婚を期待している由紀さんの言葉に、無意識にため息を漏らしていた。

「疲れただろう？　ワンピースはすまなかった。俺が埋め合わせするから」

あの場で智子さんは主催者として申し訳ないから弁償させてほしいと言われ、私は大丈夫なのでと伝えたのだが、それではだめよと、困る様子だった。

養父母を大事に思っている様子の透真さんが『俺がするから』と主張してようやく納得してもらったのだ。

「その必要はないです。クリーニングに出せば落ちると思います。それよりも、あの場限りで『将来私の妻になる』と言ったのでしょうが、皆さんが喜んでいてこの後どうするんですか？　実のお母様はとても喜んで、結婚したら遊びに行かせてとおっしゃっていました。話が大きくならないうちに誤解を解いてください」

「君が山形氏に叱責されているのを見て、彼に自省してもらいたくてついね。俺の妻になる人だと言えば、慌てるに違いないと思ったから」

やはり彼と実母、再婚相手との間にはなにか軋轢《あつれき》のようなものがありそうだ。

実母に養子に出されたから……なのかもしれない。由紀さんは再婚しているし。透真さんの立場を考えたら複雑だろう。

「私は叱られてもかまいませんでした。謝ればあの場は収まったのに……大事になってしまったじゃないですか」

前の車のテールランプを見ていた私は透真さんへ顔を動かす。

「ああ……だが、君が怒鳴られているのを見るのは不本意で、山形氏に怒りが込み上げてきたんだ。巻き込んですまない」

「透真さんが困ったことになるのに……」

彼の心情を考えると仕方なかったことなのかもしれないと考えていると、ふいに彼はハザードランプを点滅させ車を道路脇に止めた。

「どうしたんですか？」

透真さんが私へ真剣な顔を向ける。

まっすぐに見つめる瞳から、彼の強い意志のようなものが感じられて、微かに首をかしげる。

どうしてそんな顔を……？

目を逸らすことができず、鼓動がドキッと弾んだ。

「一緒に暮らして妻のフリをしてほしい」

その言葉が耳に入った瞬間、驚きの表情を隠せなかった。

「妻のフリ？」

「ああ。偽りの夫婦として生活してくれないか」

「偽装結婚ってことですか……？」

理解ができず目を見開く。

「そう。由紀さんが来たいと言っていたし、しばらく同居してほしい。突然来られたら対応できないしな。忙しい俺たちだから連絡は前もってくれるように伝えるが、一緒に住んでいなければ俺たちのことが嘘だとバレてしまう」

心臓がドキドキと高鳴り、膝の上のバッグに置く手が微かに震える。

「どのくらいの期間ですか……？」

そんな私に、透真さんは自虐的な笑みを浮かべた。

「しばらく……いや、彼らの関心が俺たちから離れるまでだ」

「偽装結婚を解消する際、ご両親にはどのように説明するんですか？」

「そのときは性格の不一致とか適当にごまかそう」

私を妻になる人だとあの場を取り繕った透真さんを責めたいが、事情があるのはわかる。

彼は一緒にいると楽しいし、フライトスケジュールがバラバラだからほとんど家で顔を合わせないかもしれない。

同居して偽装結婚なんて、ほんとありえない話だけど……緑川さんからの縁談話がこれ以上進まないようにできるかもしれない。

それに、困っている彼を前に断れないという気持ちが湧いている。

「……では、偽装結婚お手伝いします」

そう言った後、透真さんの顔に美しい笑みがふわりと浮かんだ。彼の目もとがやわらかく緩む。

フライトクルーとして見るときとは印象が変わって、破壊力のある笑みに落ち着かない気持ちになる。

透真さんの笑顔は、見る者すべてを魅了する力を持っているのではないかと思う。

「ありがとう。助かるよ。では、今度の休日が合ったときに引っ越してくれ」

「疑問なのですが、なぜ智子さんは結婚を急がせるのでしょうか？」

「俺の生い立ちにあるんだ。育てられない実母に見放された俺は結婚への希望はまったく持っておらず、生涯独身でいいと公言していたから。今日君を連れていったことで夢が広がったんだろう」

透真さんは生涯独身でいいと思っていたのね……。

「今の両親には感謝している。母は優しいし、父は俺に好きなことをすればいい、応援すると常に励ましてくれた人だから。結果実母から離れて彼らに育てられた俺は幸せなのだろう」

先ほどのパーティーでも、彼からふたりに対する愛情が感じられた。

「じゃあ、引っ越しの用意を頼むよ」

「今のマンションの部屋の契約解除はしないでおこうと思うのですが」

「……ああ、家賃は俺が払う」

「それはだめです。今まで通り私が払います。遊びに来られたときに変だと思われないよう、ある程度の荷物を透真さんの家に運ぼうと思うのですが」

「わかった。そうしてくれ」

彼は再び車を流れに合流させてマンションへ向かった。

五、惹かれる彼女（透真 Side）

パーティーにまさか来るとは思っていなかった実母に会い、複雑な気持ちを抱えたまま七海のマンションの前に車を止め、彼女へ顔を向ける。

「ロンドンから戻ったら連絡する」

「はい。あ、降りなくていいです」

「いいから。待ってて」

そう言って運転席から降り、助手席のドアを開ける。

「すみません」

助手席から降りた彼女の表情は困惑している様子で、偽装結婚の件にまだ戸惑っているのだろう。

巻き込んでしまい申し訳ないと思うが、時期が早いか遅いだけのこと。

思わず頬を緩めると、七海が「職場でも、もっとそうやって笑うといいと思います」と言う。

「笑っていないか？」

「はい。いつも話しかけづらい雰囲気ですよ」

「まあ、必要以上に話しかけられても面倒だから、いいんじゃないか？　おつかれ。おやすみ」

七海が「おやすみなさい」とお辞儀をしてマンションの方へ歩を進めるのを見守る。

彼女はエントランスの入口で振り返り、もう一度会釈をしてから中へ消えていき、俺も運転席へ戻った。

今日の彼女は目が離せないくらい綺麗だったな。


送ってから十五分後、タワーマンションの地下駐車場に車を止め、エレベーターに乗り最上階で降りる。

ドアを開けると、四十畳ほどの天井が高いリビングルームがあり、大きな窓からは品川の美しい湾岸の景色が一望できる。

夜にはきらめく夜景がまるで宝石箱のように広がり、その景色を見ながらくつろぐ時間が心地よい。

リビングルームにはモダンで洗練されたインテリアが並ぶ。中央に紺色のカウチソファと大きなテーブル。その上には趣味のアートブックや飛行機の雑誌、そして七海のインタビュー記事が載っている機内誌も置いてある。

壁にはブルックリンで購入した好きな現代アートの絵画を飾っている。

キッチンはオープンスタイルで、最新の設備が整っており、ステンレス製の家電を揃えてある。大理石のカウンタートップには揃えた調味料が並ぶ。

両親はともに料理上手で、手伝ううち自然に俺も覚えた。面倒だとは思わない。健康管理にも自炊の方がいいと思っている。

キッチンの隣には、朝食を楽しむためのダイニングエリアがあり、そこからも美しい景色を眺めることができる。

パイロットにとって休日は自己管理が必須だ。バランスの取れた食事に睡眠、そして運動で、長時間の緊張にも耐えられるよう、精神と肉体づくりは欠かさない。

主寝室はキングサイズのベッドが中央に配置され、やわらかなカーペットが足もとにある。

寝室は全部で三つあり、それぞれが独自のデザインで統一されている。独身にとって広すぎるが、ここを投資物件のひとつと考えている。

パイロットの給料ではなかなか住めない家だが、養父の会社の株主のためかなりの利益がありここを購入するに至った。

バスルームには広々としたバスタブがあり、誰にも覗かれる心配のない海側の窓からの景色を見ながらゆっくりくつろげる。

俺は玄関からまっすぐキッチンへ行き、冷蔵庫から炭酸水のペットボトルを手に戻ると、ネクタイを外しブラックスーツなど着ていたものを脱ぎ、バスルームへ歩を進める。

それからバスタブに体を沈めて目を閉じた。


『透真、ごめんなさい。お母さんはもうあなたを育てられないの』

母は泣き崩れるようにして十二歳になったばかりの俺に謝った。

『どうして？　どうしてお母さんと一緒にいられないの？』

言葉にできない母に俺は何度も詰め寄った。

だが、母は答えられなかった。

『あなたを愛していることだけは覚えておいて』

そう言って、俺はＬＡで暮らす母の妹夫婦のもとへ行くことになった。妹夫婦の子どもとして養子に出されたのだ。

英語なんてまったく話せなかった上に、環境も様変わりしたが、あのときの俺は叔母夫婦に迷惑や心配をかけないように一生懸命だった。

亡くなった父がパイロットだったため、それが俺の幼い頃からの夢だった。

養父母は俺の夢を叶えるため、いつも親身になってくれて、ＬＡの生活に慣れていった。

一年が経った頃、実母が再婚したと知らされた。

『育てられない』と言ったのは嘘で、好きな男がいたから邪魔で養子に出されたのだと考え、子どもながらに心の奥底から嫌悪感に襲われ憤った。

もう過去は忘れ、未来に向かってがんばろうと思えた出来事だった。

英会話は上達し成績も徐々に上がり、ハイスクールに入学する頃には生まれたときからＬＡにいるくらいになじんでいた。

成績は常にトップだった。それはひとえに、支えてくれる養父母のおかげだったと感謝している。

俺が十八歳のとき、ずっと子どもができなかったふたりに思いがけず待望の赤ちゃんが誕生した。両親の喜びようは見ていてこっちもうれしくなるほどで、俺も健斗をかわいがった。

その頃俺は飛び級で入学したカンザスにある州立大学の航空学専攻の二年生で、寮に入っていた。

一週間ほどの休みがあればＬＡの家に戻り、家族で過ごすことが多かったから、健斗も俺を兄として慕ってくれるようになっていった。

州立大学を卒業後、米国の大手航空会社の副操縦士として入社し、最初の頃はＬＡの自宅から車で通勤していたが、二十五歳のときに空港に近いビーチ沿いのアパートを借りてひとり暮らしを始めた。

養父母は恋人ができたのかと喜んでいたが、いたとしても結婚をする気はないと常々言っていた。

養母のような夫に献身的で子どもに優しい良妻賢母の女性が俺の理想だが、実母のようなタイプの女性とも社会人になってから出会っていた。結婚をして振り回されるのなら、一生独身でもかまわないと思うようになった。

それからは機長になるのを目指し、飛行距離を増やし勉強をし、三十一歳のときに合格してキャプテンになった。

その後、ＡＡＮの桜宮専務取締役からヘッドハンティングされ、日本で働くことになり今に至っている。

恋愛や結婚に冷めた価値観を持っていた俺だったが、江上七海に出会った。

彼女は中堅の客室乗務員で、その立場から後輩の見本になるようなＣＡを目指しているようだった。

学級委員長のようなきっちりした彼女は、後輩を思うあまり厳しく律するときがあるが、それもＡＡＮの恥ずかしくない立派なＣＡになってもらいたいがための指導だと俺にはわかった。

以前いた米国キャリアのＣＡはお国柄、かなり自由で接客態度も完璧とは言えない。だが、ＡＡＮのＣＡの接客は世界でナンバーワンだと言われている。

それゆえ、評判が損なわれないようＡＡＮのＣＡたちは誇りを持って日々がんばっている。

ここでキャプテンとして働き始めたとき、デッドヘッドで客席に乗ったことがあった。パイロットが自分の航空会社の客席に乗って空港へ戻ることを『デッドヘッド』と言う。

そこで七海が乗客に全力で対応し、周りを常に気を配る姿を見て感心した。

仕事をしている彼女は凛として美しく、俺は彼女から目が離せなくなった。

実母のせいで、俺に好意をいだく女性と深入りすることはやめていたが、七海に関してはそれすら忘れるほどだった。

三カ月ほど前、シドニー便で七海と同じクルーになった。

早朝のジョギング中に七海と同僚ＣＡが歩いているところに遭遇し、信号待ちで会話が聞こえてきた。どうやら恋愛トークをしているらしかった。七海は『今は仕事が楽しいから恋人に割く時間がない』『仕事第一でがんばりたい』と力説していた。

自分としてはすでに七海への特別な感情に気づいているし、アプローチをしたいところだったが、少し慎重に進めた方がよさそうかと思った。

ハワイ便で一緒になった際、後輩ＣＡとうまくいっていない様子の七海が気になり、ホテルのプールサイドにいたので話したくて近づいた。

真面目すぎるくらいな彼女の力にどうにかなってやれないかと思案し、何気なく話しかけてみる。すると彼女は内心では落ち込んでいるであろうに『一緒に働いている以上、うまく言えませんが……家族みたいなもの？なので、応援したいです』と言っていた。彼女の人柄がわかる言葉だった。

七海にもっと近づきたいが忙しく、ひと月半ほど経ってようやくハワイ便でまた一緒になった。

滞在中、七海をドライブに誘った。あらゆる写真を撮る様子を見て特別に想う相手がいるのかとヤキモキしたが、乗客への情報提供のためだという。

そんな真面目なところはいじらしく、波にさらわれそうになり焦る姿はかわいらしくて思わず抱きとめた。

照れる姿がまぶしくて、彼女を好きだと気づかされ、絶対七海の心を振り向かせると誓った。

彼女に対して、俺は初めての感情をいだいている。仕事に対する姿勢も尊敬しているし、七海となら結婚してともに歩む未来を想像できる。

折しも養父母のパーティーがあり、当初はひとりで行くつもりだったが、特定の恋人をつくる気のない俺を養父母は心配している。それを払拭させるために、恋人を連れていけば安心してもらえるのではないかと思い、七海を誘った。

彼女以外の女性など考えられないし、もっと彼女との距離を縮めたい思いでいっぱいだった。

パーティーの同伴を断られないようあえて軽い感じで誘ったのが功を奏し、彼女は快諾してくれた。

だがまさか、実母夫婦がパーティーに招かれているとは思ってもいなかった。

実母と会ったのは大学を卒業して以来だった。それまで学生時代は俺の休暇を養母に尋ね、ＬＡに何度もやって来た。

普通に対応していたが、俺の中ではかなりのわだかまりがあった。

そんな実母の再婚相手が七海に怒鳴りつけているのを見て、思わず妻になる人と言ってしまったのだ。

七海へ想いを伝え、彼女の気持ちが向いた暁にはプロポーズするという近い未来を思い描いていたが、とんだ展開になり、七海はかなり驚いていた様子だった。

偽装結婚という提案は我ながら思いきったが、とにかく彼女との同居へと関係を進めることができた。あとはとにかく彼女の気持ちを向かせるのみだ。


翌日は香港フライトで、とんぼ返りになる。

天気もよく順調に香港国際空港へ着陸し、その後、羽田空港に向けて離陸した。

飛行時間は約四時間。飛行機は雲間を抜けて穏やかに飛行している。

そこへ突然警報音が鳴り響き、計器が異常を示す。

コックピットに一瞬の緊張が走った。

「キャプテン……」

速やかに計器を確認するとともに管制塔へ連絡する。

「エンジントラブルだ。エンジン2が異常を示している。チェックリストを確認する」

副操縦士とともに迅速に対応を開始した。

「エンジン2の推力をカット。エンジン1で飛行を維持する」

副操縦士に指示を出した。

操縦桿を握り、飛行機を安定させるため集中する。

「緊急着陸をするしかないな。最寄りの空港……鹿児島《かごしま》……いや、伊丹《いたみ》に連絡を取ってくれ」

「北条キャプテン、それまでエンジン1だけで大丈夫でしょうか？」

副操縦士に憂慮する声で尋ねられ、もう一度計器へ視線を走らせる。

「安定しているため、伊丹までの一時間三十分もたせる」

伊丹空港の方が乗客にとって移動しやすく、機材も調整できる。

副操縦士に指示し、地上の管制塔と連絡を取り合う。

「皆様、こちらは機長の北条です。お知らせがあります。ただ今、機内で技術的な問題が発生しました。そのため予定を変更し、最寄りの伊丹空港に緊急着陸を行うことになりました。現在のところ、状況は安定しており、私たちクルー全員は安全に着陸するための準備を進めています。乗客の皆様にはご迷惑をおかけしますが、どうぞ冷静に指示に従っていただきますようお願いいたします。なお、シートベルトをしっかりと締め、座席の背もたれをもとの位置に戻し、テーブルをしまってください。緊急の際には、客室乗務員が皆様をサポートいたします。皆様のご理解とご協力に感謝いたします。安全に伊丹空港に着陸するまで、どうぞお待ちいただきますようお願いいたします」

機内アナウンスで乗客に状況を説明し、安全に飛行し着陸するための準備を進めた。

ふと七海の顔が思い浮かぶ。

会いたい。彼女のそばにいるだけで心が安らぐ。こんな想いをいだいたのは初めてだ。

乗客もクルーも、そして俺自身も無事に帰す強い気持ちで操縦桿を強く握った。

六、空に近い部屋での新生活

パーティーの翌日は午後からオフィスでスタンバイだった。

現在は十九時過ぎで、残り三時間の待機。最終のフライトのCAになにかあれば、代わりに乗務することになる。

それにしても、透真さんとの約束は青天の霹靂《へきれき》だ。

まさか偽装結婚を持ちかけられるなんて思いもよらなかった。

透真さんに惹かれてはいる。彼のような人のそばにいて惹かれない方がおかしいと思う。

彼はパイロットとして一流のスキルとマインドを持っていて尊敬できる。それに、ふたりで何度か過ごすうちに、仕事場での私の状況を常に気にかけてくれているところや、プライベートでは笑顔があふれていて明るいところにもいい意味でギャップを感じ、気づけば惹かれていることに気づいた。

複雑な家庭環境に置かれた彼の立場への同情もあって、偽装結婚を了承した。だが、同情というよりは、惹かれ始めた人を知る機会になればいいいし、手伝ってあげたい気持ちに駆られたのだ。

デスクでこれからブリーフィングする茜や同僚たちと軽く談笑していると、突然電話のベルが鳴り響いた。普段この時間に電話がかかってくることなど滅多にないから、オフィスの空気が一変した。

「どうしたのかしら……」

「ただ事じゃないわね」

憂慮する私に茜も眉根を寄せ、話を聞きに行っている同僚を待つ。

茜はこれからハワイ便の乗務だ。

話を聞いて戻ってきた同僚が口を開く。

「北条キャプテンの香港から戻るフライトで、エンジントラブルが発生したとの報告が入ったらしいわ」

透真さんのフライトと聞いて、心臓はドキッと跳ね上がった。一瞬息をのみ、冷静さを取り戻そうと深呼吸をする。

「詳しい状況を教えてください」

管制塔とのやり取りやエンジントラブルの詳細が伝えられる。

「現在ひとつのエンジンで飛行中らしいです。伊丹空港に緊急着陸できるよう対応していると……」

透真さんの冷静な判断力を信じているが、それでも不安は拭いきれない。

どうか無事に着陸しますように。

そこへフライトを終えたばかりの桜宮キャプテンが姿を見せる。

彼も状況を確認し、ざわついている私たちＣＡのところへやって来る。

「北条キャプテンの腕は確かだ。無事に着陸させる。仕事をするように」

そう言って、これから出発するフライトクルーたちに話をすると、課長のデスクの方へと向かった。

桜宮キャプテンも以前、車輪の片側が出ないトラブルに遭ったが、無事に着陸させた。報道陣がこぞって取材に現れたと聞いている。

そして、そのときのアナウンスは恋人への言葉も含まれていて、いまだにクルーたちの間で話題に上る。

桜宮キャプテンに指示され、フライトクルーたちは動揺しながらもブリーフィングのテーブルへと着く。

「七海、じゃあ。行くわ」

茜は軽く手を振って、同僚たちとともにテーブルへ行く。

クルーたちはいつも通りにブリーフィングを始めるが、スタンバイの私は透真さんのフライトのことばかり考える。

時が経つのが遅く感じられる中、オフィスの窓から外を見つめ、透真さんと乗客たちの無事を祈り続けた。

やがて無事に伊丹空港へ緊急着陸が成功したという報告が入った。

それを聞いて深く息をつき、心の底から安堵した。

この後、機材を変えて全乗客を乗せ羽田空港に戻ると連絡が入った。

「北条キャプテンの判断は正しかった。鹿児島では機材がなく今日中に羽田に戻ってこられなかっただろう」

「そうですね。エンジンひとつで安定感のあるフライトを行える北条キャプテンはすごいです」

緊急事態で帰宅していなかった桜宮キャプテンと副操縦士の会話が聞こえてきた。

かの有名な桜宮キャプテンにも認められている透真さんが誇らしく思えた。

え……彼を自分のもののように思うなんて……。

「江上さん」

今日のハワイ便のチーフパーサーが私のもとへやって来た。

「おつかれさまです」

椅子から立ち上がる。

「本日のハワイ便のクルーに入ってください」

「わかりました」

透真さんのフライトもあと二時間くらいで無事に到着するし、なんの心配もなく笑顔でブリーフィングに加わった。


ダニエル・K・イノウエ国際空港に朝到着し、いつも通りにデブリーフィングを終えてホノルル市内へバスで移動してホテルへ入った。

今回は久しぶりに茜と一緒になったので、アラモアナセンターへ行ってみようかと話していた。

チェックイン後、部屋に入りシャワーを浴びて私服に着替える。

前回と同じ、しわにならない素材のベージュのノースリーブワンピースにラベンダーのカーディガンだ。

ロビーで茜と合流し、ホテルを出てカラカウア通りへと向かいバスに乗った。

五月のハワイはまさに楽園そのもの。平均気温は二十五度前後で、穏やかな風が心地よく吹き抜け、空には雲ひとつない青空が広がっている。

太陽の日差しが暖かく、ビーチには色とりどりの水着を着たロコや観光客がいるのが見える。

「茜、今日はどのお店に行く？」

仲のいい友人との外出ですっかりリラックスしている。

「うーん、まずはお気に入りのスポーツショップに行きたいな。その後はカフェでお茶しよう。そこでランチを食べてもいいし」

乗務を終えたばかりなので、体力的にもあちこち動き回りたくないのもある。

車内は冷房が効いており、外の暑さから一瞬だけ解放される。

窓の外に広がるハワイの美しい風景を楽しみながら、何度も訪れたこの場所に心が和んでいく。

前回……透真さんとのドライブは楽しかった。普段できないいろいろな体験がギュッと凝縮されたような感じだった。

「アラモアナに行くのも久しぶりだけど、七海はどう？」

「私も久しぶりよ……たいていひとりだからホテル近辺をぶらぶらするくらいで」

透真さんとドライブをしたことは話せない。口にしたら、彼女はロマンスを想像し始めるはずだから。

バスは美しい海岸沿いを走り、しばらくしてアラモアナセンターに到着した。

少しバスに揺られて眠気に襲われた私たちは、先にカフェによってアイスコーヒーを飲むことにした。

アラモアナセンターはあらゆるお店が軒を連ね、観光客に人気のスポット。今もセンター内は大勢の人で賑わっている。

冷房の効いたカフェのテーブルに落ち着き、アイスコーヒーを頼む。

すぐに、コナコーヒーのフルーティーな風味が感じられる氷たっぷりのアイスコーヒーが運ばれてきた。

「まずは写真を！」

茜は角度を選びながらスマホで写真を撮る。それからひと口飲んで「ふぅ〜」と至福のため息を漏らす。

「ねえ、今度彼の友人たちと食事をしようってことになっているんだけど、七海も参加できる？」

「また恋人候補を見繕ったとか？」

「え？　ま、まあね。だってもう二十八だしね。いろいろな人と会うのは七海の目の肥やしになるんじゃないかな」

過去に一度、茜の彼に紹介したいと言われて食事をすることになったが、そこにはほかの男性もいたのだ。人数合わせなのはわかるが、茜たちはその人とくっつけようとしていたのがありありとわかった。

恋人をつくりたくないわけではないが、お付き合いするのならその人のことをよく知ってからがいいと思っていた。

そこで透真さんの顔が脳裏に浮かぶ。

もう充分彼のことはわかったのではないだろうか。ほかのＣＡたちが知らないことを共有してしまったし。

「ううん。今はいいの。申し訳ないけど……ごめんね」

親友の茜にも透真さんと偽装結婚するなんて言えない。

「そっか、その気がなければいいの」

茜がニコッと笑ったそのとき、テーブルの上に置いてあった茜のスマホから音がした。彼女は手にして画面を見る。

「同僚からメッセージだわ」

そう言いながら、画面をタップして開いてみてから「ええっ！」と声を漏らす。

「どうしたの……？」

「彼女、昨日の北条キャプテンのクルーだったんだけど、乗客がすべて降りてコックピットから北条キャプテンが出てきたとき、松本さんが感極まって抱きついたって」

「え……みんなの前で？」

松本さんの大胆な行動に目を見開くも、もう一度聞いてしまう。

「座席を点検していたクルー以外はみんな見ていたみたいよ」

「それで……北条キャプテンの反応は？　押しのけた……とか？」

無性に気になる。

「ううん。押しのけてはいないみたいよ。肩をポンポンと叩いて『おつかれさま』と言ったって。意外よね。もしかして、北条キャプテンも松本さんに好かれてまんざらでもないのかな。ううん、付き合っているかもしれないわね」

付き合っていないのはわかっているけれど……。

心の中にモヤッとしたものを感じて、アイスコーヒーで流し込むつもりで飲む。

「まあ、北条キャプテンと松本さんならお似合いよね」

「……だね。じゃあ、そろそろブティックに行く？」

「そうしようか」

カフェを出て茜の目あてのヨガのウエアが売っているショップへ向かった。

彼女はそこでタンクトップとスパッツを二枚ずつ購入した。

「七海もヨガやればいいのに。その後の岩盤浴が最高なのよ」

「仕事に彼氏にヨガで、茜はバイタリティがあるなっていつも思うわ」

「もー、年寄りみたいよ。人生もっと楽しまなきゃ。ランチ行こうか、いつものところにする？」

茜は私たちがお気に入りのレストランの名前を言う。

「ハンバーガーが食べたいと思っていたところよ」

そこはジューシーでボリューミーなハンバーガーが有名なレストランで、私たちはのんびりと足を運んだ。


レストランのテラス席に座り、ハワイの美しい景色を楽しむ。青く広がる太平洋《たいへいよう》が目の前に広がり、心地よい海風がテラスを吹き抜けている。

太陽がやわらかく輝き、周囲の緑がいっそう鮮やかに見えるので、リラックスして食事ができる。

そんなハワイを感じる場所にいるのに、さっきの松本さんの話が心を占めていてモヤモヤしている。

「──海？　七海？」

茜の呼ぶ声で我に返る。

「え？　ああ……ここからの景色、何度見ても飽きないよね」

私の言葉に茜が苦笑いを浮かべながらうなずく。

「本当に。いつ来ても素敵な眺めで気持ちいいわ。ね、ぼんやりしてどうしたの？」

「眠気に襲われただけよ」

透真さんが松本さんを振り払わなかったのは、クルーが見ていたからだと思いたい。

「食べたらもっと眠くなるかもね」

そう言って茜が笑う。

少ししておいしそうなハンバーガーとフライドポテトが運ばれてきて、その香りが食欲をそそった。

ハンバーガーにかぶりつき、ジューシーな味わいに笑みがこぼれた。

かなりボリュームのあるハンバーガーを平らげた後、パンケーキが食べたくなりシェアすることに。

「ハワイに来ると食べちゃうな～日常のストレスのせいかな」

茜は切り分けたマカダミアナッツクリームがたっぷりのったパンケーキを、パクッと口に入れる。

「そうだね。ストレスもあると思うけど。おいしい料理と素晴らしい景色が食欲を増進させるのね。きっと」

私たちは食事を楽しみながら、おしゃべりに花を咲かせ、リラックスした時間を過ごした。


帰りのフライトも滞りなく順調に業務を終えて、自宅に着いたのは十九時を回っていた。

「はぁ～疲れた……」

バスタブの湯張りのスイッチを押して、冷凍していたカレーとご飯を温める。

明日が休みなのがうれしい。

温めている間に、キャリーケースの中の物を片づけていると、スマホが鳴り始めた。

急いでテーブルの上に置いたスマホのもとへ行くと、画面には透真さんの名前が。

万が一のことを考え、登録を〝北条キャプテン〟ではなく名前にしたのだ。その方が一瞬見られてもわからないと思ってのことだ。

通話をタップしてスピーカーにする。

「おつかれさまです。あ、ご無事でなによりです」

《あの程度のトラブルはたいしたことはない。アメリカで何度か経験済みだよ。向こうは都市が離れているから判断を誤ると大変なことになるが、日本は空港がそれほど離れていないから計算がしやすい。ところで引っ越しの件だが、荷造りにどのくらいかかりそう？》

「休日に荷造りをするので、五月いっぱいかかるかと」

《わかった。六月に入ったところで都合のいいときに迎えに行く。じゃあ、ゆっくり休んで》

そう言って通話は切れた。

「本当に透真さんの家に同居するのね……」

一緒に生活するのってどんな感じなんだろうか。きっとほぼすれ違いの毎日だと思うから、気楽に考えよう。

五月中に透真さんのフライトクルーになることもなく、六月になった。

第一週の半ばに私と彼の休日が重なり、今日これから迎えに来てくれることになっている。時刻は十六時になるところで、もう少ししたら雨になる予報だ。

抱えるくらいの段ボール四箱と仕事で使うキャリーケースなど一式を玄関に用意していると、エントランスのインターフォンが鳴った。

ロックを解除して玄関を開けて待っているうちに、透真さんが台車を持って現れた。半袖の白Tシャツにジーンズを着た彼は、私と目が合うと口もとを緩ませる。

「さすが真面目ちゃんだな。準備万端になっている」

「ですから、真面目ちゃんなわけではないって、言っているじゃないですか」

オフィスで顔を合わせることはあったが、会釈程度だったので会話をするのは半月ぶり以上になる。

今日は朝から心が浮き立っていたから、透真さんと会えたのがうれしいのだ。

透真さんは笑って手にしていた台車を開いた。

「荷物はそれだけ？」

「はい。これで当面は足りると思います」

「ＯＫ」

彼は台車に段ボール四箱を積み、私はキャリーケースを持ってエレベーターに向かった。

透真さんの住まいがあるタワーマンションの地下駐車場からエレベーターで最上階に向かう中、ゴージャスな建物に驚いていた。

たしかこの近くのタワーマンションに、蓮水キャプテンと真衣ちゃんも住んでいる。パイロットは高いところが好きなのだろうか……。

エレベーターが開くと広々とした廊下があり、彼は台車を押して玄関前で止まる。指紋認証で鍵を開けて私に先に入るよう促す。

「ベージュのスリッパを使って」

今日から同居……。ここへ来て、心臓がドキドキ暴れてくる。

透真さんから普段香ってくるウッディ系のフレグランスが室内から漂い、フワッと鼻に触れたからだろうか。

「お、お邪魔します」

暴れる鼓動を気にしないようにして、先に玄関へ歩を進め、用意されていたスリッパへ足を入れる。彼のスリッパは紺色のようだ。

段ボール箱を入ったところに置くのを手伝い、透真さんとともに玄関から仕切りのないリビングルームへ入ると、目に飛び込んできた広々とした部屋にあ然となる。

モデルルームのようなモダンでラグジュアリーな空間で、大きな窓からは曇天の厚い雲に覆われた空が見える。

思わず窓に近づく。

窓からは品川の湾岸の眺めが一望でき、その景色に感嘆の声をあげる。

まさか透真さんの自宅がこれほどすごいとは思ってもみなかった。

「まるで飛行機から見ているような眺望ですね」

そう言うと、透真さんは「高度が違うが」と笑う。

「部屋は３ＬＤＫだよ。君の部屋へ案内する。こっちだ」

玄関スペースから一段上に土間があり、そこからシームレスにリビングへと空間が続く。

彼が土間の右側の壁にあるドアを開けると、そこは私のワンルームよりも広く、シングルベッドと本棚、ひとり用の丸テーブルとラグジュアリーなソファ椅子があった。

隣接するウォークインクローゼットも広い。

「ほかを案内する」

透真さんはリビングルームを通って、オープンキッチンとダイニングを案内する。

「調味料が……」

「ああ。いちおう料理はできる」

私が使ったことのない調味料もある。

もしかしたら私よりも料理ができるのかもしれない。

「夕食は蕎麦にしようと思うんだが」

「引っ越し蕎麦ですね。それくらいなら私にもできるのでやらせてください」

「いや、その間に荷物を片づけるといい」

「でも……」

料理は女性が作るものだと母に常日頃言われていたから、抵抗感がある。

「任せてくれ。パウダールームとバスルームを案内する」

ダイニングの奥のドアを開けると廊下が続く。すぐ手前の右手が彼の部屋だそうだ。

かなり広さのあるマンションの一室に驚くばかりだ。

廊下の突きあたりにあるパウダールームは白とブラウンを基調にした落ち着いた空間で、透真さんの基礎化粧品が置かれているのを見て彼の私生活を覗いている気になって、ドキッと心臓が跳ねた。

「このスペースに自由に置いてくれ。このドアがバスルームだ」

よくある洗面台の鏡の裏のスペースはなく、自分のものとは反対の端にあるガラスの台の上を示される。

「はい」

「じゃあ、夕食は俺に任せて、君は片づけるといい」

「本当にお手伝いしなくていいのですか？」

「ああ。大丈夫だ」

パウダールームを出て、透真さんはキッチンにとどまり、私は部屋へ歩を進めた。

ドアを閉めて、「ふぅ～」とため息を漏らす。

パイロットだからそれなりの家に住んでいるのだろうとは思っていたけれど、こんなラグジュアリーな住まいだとは考えていなかった。

ここなら広いし、自分の部屋もあるから、お互いの距離を保って生活できそうだ。だから透真さんも同居の提案をしたのだろう。

私がリビングルームに入って驚いている間に、荷物を部屋に入れてくれており、そのひとつを開けた。

段ボールの中は衣類が主で、夏服と冬服も用意した。季節が冬のフライトもあるから。それほど自宅と離れていないから、必要なものはいつでも取りに帰れる。

ほどよく生活感が出たら早々に実母を招待すれば、目標は達成する。

三十分ほどで片づけが終わり、部屋を出てキッチンへ行くと、ダイニングテーブルにかき揚げや海老の天ぷらが用意されている。

「もうすぐできあがるから、テーブルで待ってて」

私の姿を見てオープンキッチンの中から声をかけてくれる。

「お手伝いします」

「いや、もう終わったから大丈夫だ」

そう言いながら、彼の前で湯気が立つ。蕎麦が茹で上がったようだ。ザァーッと水が流れる音がして、透真さんは蕎麦のぬめりを取って水を切る。

とても手際がよくて驚く。

「透真さんが料理上手だなんて、同僚たちが知ったらびっくりしますね」

「びっくりさせないためにも内緒にしていてくれ」

和食器に盛られた蕎麦をふた皿両手に持って、テーブルへやって来る。

「そこの席に座って」

窓が見える席で、透真さんは斜め横の椅子に座る。

「あ、雨……」

「さっき降りだしたようだ」

日没にはまだ三十分ほど早いが、外は雨のせいで暗くなっている。

「食べよう」

「はい……いただきます」

箸を手に取り、まずは蕎麦をひと口。蕎麦の香りとコシの強さに驚き、目を見開いた。

「すごい……これ、本当においしいです！」

「蕎麦は十割蕎麦にしている。その方が風味がいいから」

「外国暮らしだったのに、よくご存じなんですね」

「両親とも料理上手で自然に覚えたんだ」

「きっと私よりもお料理ができると思います。私は母から教わったカレーやハヤシライスばかり作って冷凍して食べていましたから」

「カレーとハヤシライスか。食べてみたい」

「じゃあ、明日作っておきます」

かき揚げも口に運び、そのサクサクとした食感と絶妙な味わいに、さらに驚いた。

「天ぷらもサクサクでお上手です。こんなふうに私は揚げられないです」

「ああ。てんぷら粉に酢を入れるんだ。母さんに教わったんだが」

「勉強になります」

料理上手だとしてもここまでできるのはすごい、凝ったものが作れない私にだってわかる。

「一緒に食べてくれる人がいると、そこそこの料理でもおいしく感じられるんじゃないかな」

謙遜するなんて、新しい発見だ。最初の頃の透真さんの印象は今日までに変わっていったけれど、またひとつ彼を知って素敵な人だなと実感した。

「あ、透真さん。シフトを教えてください」

「そうだった。後で七海のスマホに送っておく。とりあえず明日からロンドンだ」

「私は、明日は休みで、明後日の夕方の便で上海《シャンハイ》です」

「夕方の便だと、戻りは翌日だな」

同じ帰国日になるが、ロンドンから戻ってくる透真さんの方が早い。

食事後、食洗器などの使い方を教わり、エントランスで使うカードキーを受け取り、玄関の指紋認証を登録した。

それから明日のフライトを控えている透真さんに、先にお風呂に入ってもらった。キッチンの後片づけを終わらせ、部屋に戻ってタブレットでSNSを見ていると、彼からメッセージが入った。

お風呂から出たとの連絡と、シフト表だ。返事とともに私のシフト表も送った。

透真さんのシフト表を見ると、月末にロサンゼルスが重なっていた。

彼の住んでいた街……。

何度も仕事で訪れてはいるが、ハリウッドやリトルトーキョーなどくらいしか出かけたことはない。

そんなことを考えていると、再び透真さんからメッセージが届く。

【LAが一緒だな。案内するよ。明日は早いから起きなくていい】

シフトが重なったと同じことを考えていたので、頬が緩む。

【はい。よろしくお願いします。おやすみなさい】

それだけ打ってメッセージを送った。

なにか物足りなさを感じる。それがなんなのかわからないが、同居としていい感じではあると思う。

翌日、心地よい眠りから目が覚めた。

「ベッドがいいからなのね」

カーテンの隙間から日差しが差し込んでいる。

ベッドから降りてカーテンを開けてみると、青空が目に飛び込んできた。水平線が一望でき、太陽の光が海面に反射してきらめいている。遠くには船が行き交っているのが見えた。

こんな景色を朝から見られるなんて贅沢だわ……。

角部屋なので、もうひとつの窓からは少し距離を置いたところに高層ビルが建ち並んでいる。

昨晩は早々とカーテンをしてしまい気づかなかったが、夜景が綺麗だろう。

時刻は八時で、九時二十五分に離陸する透真さんは六時には家を出ているはず。

部屋を出てリビングルームへ行くと、素晴らしい空と海の景色をしばらく眺めた。

七、ふたりだけのＬＡドライブ

「皆様、本日はご搭乗いただきまして誠にありがとうございます。まもなく上海浦《シャンハイプー》東《ドン》国際空港に到着いたします。シートベルトをしっかりとお締めいただき、座席の背もたれとテーブルをもとの位置に戻してくださいますようお願いいたします。現在の上海の天候は晴れ、気温は二十六度です。到着後は、乗務員の指示に従って安全に降機いただけるようご協力をお願いいたします。次回のご搭乗も心よりお待ちしております。それでは、到着までのひとときをどうぞお楽しみください」

ヘッドセットを外して着陸に備える。隣に茜が座っている。

飛行機は定刻通り、十九時四十分に上海浦東国際空港に着陸した。

今日の機長は桜宮キャプテンで、ＣＡたちのやる気がいつもと違う。既婚者なのに、今でも桜宮キャプテンはＣＡたちの憧れの対象なのだろう。

バスでホテルのある市内へ向かう。交通事情でだいたい一時間くらいかかる。

ホテルに到着して、チェックインを済ませる。

すでに二十二時を過ぎているので、お風呂を済ませてベッドに入った。

透真さんはどうしているかな……。

スマホを見るもとくに連絡はない。

パイロットとして体を休めなければいけないのだから邪魔してはいけないと連絡するのを自重し、スマホを枕もとに置いて目を閉じる。

明日の羽田へのフライトは十三時四十分離陸なので、ホテルを十時に出発予定だ。その前に茜とお粥の店に行く約束をしている。


翌朝。六時に待ち合わせた茜と、上海市内で人気のあるお粥専門店に向かった。

天気もよく、賑やかな通りを歩きながら、小さな店舗の前に到着する。すでに多くの地元の人々で賑わっている。

店内に入ると、温かい蒸気とお粥の香りが漂って、昨晩機内食をギャレーで立ったまま食べてからなにも食べていないのでおなかが鳴りそうだ。

木製のテーブルと椅子が間隔狭めてたくさん置かれており、壁にはメニューが書かれた黒板があり、さまざまなお粥の種類が漢字で並んでいる。

「私は海鮮粥にしようかな。茜は？」

「う～ん……きのこと鶏肉のお粥にするわ」

店員に注文を伝える。

お粥が来るまでの間、メニューや店内の写真を撮っていると、茜に「相変わらず熱心ね。それもお客様のために？」と言われる。

「ＣＡって、あちこちのお店を知っていると思われているでしょう。聞かれたときにすぐ答えられるようにね」

「ほんと七海は真面目だわ。私が撮る理由はＳＮＳだし」

「それもいいと思うわ。あ、お粥が来たわ」

熱々のお粥が運ばれてきた。

「さすがね。人気があるだけあってとてもおいしいわ」

茜の言葉に同意してうなずく。透真さんはお粥好きかな、彼ならささっと作れてしまうのかも。

「家でもこんなふうに作れたらいいんだけど」

「あら？　七海、料理に目覚めたの？」

「え？　ちょ、ちょっと思っただけよ。でもこのコクと風味は出せないよね」

鋭い指摘にドキッと心臓を跳ねさせながら答える。

「そうそう、食べに来ればいいのよ」

茜はにっこり笑い、次のフライトの話や最近の出来事について話しだした。

食べ終わりそろそろ出ようと立ったところで、桜宮キャプテンが店内に入ってきたのが見えた。彼も私たちに気づき、にっこり笑いながら近づいてくる。

「まさか、こんなところで会うなんて」

「おはよう、ここで朝食とは偶然だね」

「本当に偶然ですね。桜宮キャプテンもお粥が好きなんですね」

「ああ。ここがおいしいと北条キャプテンから聞いたんだ」

茜が「おいしくて満足でした」と口にする。

さすが食通の透真さんだわ。

「北条キャプテンの言う通り、とてもおいしいお粥でした。ではお先に失礼します」

そう口にしてからお辞儀をして、お粥の店から出る。

「イケメンパイロットたちが来る店だってＣＡが知ったら、みんなここに来ちゃうね」

歩きながら茜が目を丸くして笑う。

朝から上海の街は人々で賑わっている。

私たちはホテルに戻る前に、上海で有名なランドマークのタワーが見られる場所へ足を運んだ。

黄浦江《こうほこう》の水面が朝日を受けてきらめき、広場ではやや年齢層の高い人たちが緩やかな動きと、深い呼吸を組み合わせた伝統的な太極拳をする姿も見られる。

「こんな朝早くから、よくやってるよね～」

「うん。体によさそう」

上海に来たらこの景色を透真さんも見ているのかな。

そんなことを思いながら景色を撮る。

気づけば彼のことばかり考えている。

今夜は透真さんと一緒に食事ができたらいいな……。


上海浦東国際空港からの乗務を終えてタクシーに乗り込んだとき、つい自分のマンションの住所を言おうとして慌てて透真さんの家を伝えた。

品川のマンションに到着し、エントランスで鍵を開けてコンシェルジュのいる前を会釈してから通りエレベーターホールへ向かった。

コンシェルジュは二十四時間いるとのことだ。

最上階へ一気にエレベーターが上昇したのち、静かに止まった。

キャリーケースのキャスターの音を吸収してくれる床なので、自分のマンションのように大きな音を立てないよう持ち上げて移動する手間がなくていい。

指紋認証でロックを解除して中へ入ると、リビングルームは若干明かりが落とされていたが、Ｔシャツとジーンズ姿のラフな格好の透真さんが姿を見せる。

「おつかれ」

「ただいま。透真さんもおつかれさまです」

「七海が作っておいてくれたカレーを用意した。食べよう。手を洗ってきて」

「はいっ」

キャリーケースを玄関に置いたままで、スリッパに足を通してパウダールームへ向かう。

手洗いを済ませてダイニングテーブルへ行くと、深皿に盛りつけられたカレーライスとコブサラダが用意されていた。

「サラダまでありがとうございます」

席に着く透真さんの手には、ふたつのグラスと五百ミリリットルの缶ビールがある。

「少し飲む？」

「明日はお休みでしたね。私にかまわず飲んでください」

「嫌いじゃなければ飲めばいい。明日は韓国だったな。空港まで送っていくよ」

「送るなんて、誰かに見られたら大事《おおごと》なので、送らなくていいですからね」

彼はふたつのグラスにビールを注ぎ、私の前に置く。

「いただきます」

たくさんは飲めないがそれなりに好きだし、透真さんがお酒を飲むところを見るのは初めてなので、雰囲気を損なわないようグラスを手にする。

「無理を言って偽装結婚をしてもらっているんだから、夫としては送るのは当然じゃないかな？」

「偽の夫はそこまでしなくてもいいかと。本当に送らなくて大丈夫です。素敵な家なので、私も楽しんでいますし」

そう言ってグラスに口をつけて喉に流し込む。

「窓からの景色は気に入ると思っていたよ」

「昨日は飽きもせずにずっと眺めていました。あ、今朝、お粥を食べに行ったんですが、食べ終わった頃に桜宮キャプテンがおひとりでいらしたんです。透真さんから聞いたと」

店の名前を言うと、透真さんはうなずく。

「そういえばそんな会話もしたな。あそこのお粥はうまい」

「黄浦江の景色も綺麗でした」

「あの風景が好きだから上海でのジョギングは楽しい」

透真さんはグラスを手にしてビールを飲む。

「滞在先ではいつも運動を？」

「景色がいいところだと走りたくなるから、フライトのときはウエアを用意している。そうだ、ここには住人が使えるジムがあって、普段はそこで運動している。七海も体を動かしたいときに利用するといい」

「運動はずっとしていなくて……」

高校卒業以来インドア派だ。

すると、透真さんは笑ってカレーライスをひと口食べる。

「カレーうまいよ。ＣＡは体力勝負だから、少し鍛えておくと体が楽になると思う」

「……考えておきます」

いつまでここにいるのかは決まっていないが、それもそんなに長い期間ではないだろう。きっとジムを使うことはないんだろうな。

「人間関係は順調か？」

「深山さんや松本さんと同じフライトになっていないので、今のところ普通です」

「みんなが君と同じように仕事ができるわけではないから、求めすぎるのもよくない。もちろんレベルは上げてもらった方がいいが」

「私は仕事ができるわけじゃないです。でも、もう中堅クラスですし……」

「俺がもといたキャリアに七海が働いていたら、きっと神経がもたないな」

透真さんは想像をしているのか楽しそうに頬を緩ませた。


一緒に暮らしてみると、ほとんどすれ違いの毎日だった。

それでも帰宅すると「おかえり。おつかれ」と声をかけてくれたり、食事を一緒に食べたり、ときどきはプロジェクターで映画を観ることもあり、ひとり暮らしをしていたときよりも楽しい。

窓から景色をぼーっと眺めることもある。

茜と同じクルーになった際に、「なんか最近楽しそう。いいことあった?」と言われてしまった。

本当に毎日が楽しく思えるから、自宅に戻ったら空虚感に襲われるかもしれない。

六月の下旬、今日から透真さんと一緒にロサンゼルスのフライトだ。

羽田空港を十一時に離陸するので、七時に家を出る予定だが、透真さんが同じ場所へ行くのだから車に乗っていけばいいと言う。

でも誰かに見られたらと思うとやっぱり一緒の通勤はだめだ。

「私は電車で行きますからね」と言いながら、ふたりで家を出てエレベーターに乗る。

一階に到着したとき、私が降りる前に別の住人が乗ってきた。

降りようとする私の手を突然透真さんが握り、「え？」と驚きドキドキしている間に扉が閉まってしまう。

地下に着いてほかの住人はさっさと降りていく。

「もうっ」

不満を表す私に、透真さんは口角を上げてイタズラな表情をする。手を取られたまま駐車場へといざなわれ、車へと到着した。

「さあ乗って、奥様？」

ドアを開けられて仕方なく乗り込む。

偽装結婚の関係なのにここまでするの？と疑問に思いながらも、彼の温かな手の感触が消えない……。

羽田空港のパーキングに到着し、恐る恐る助手席から外を見回して、誰もいないことを確認しドアの取っ手に手をかける。

「ありがとうございました。では、お先に」

透真さんに声をかけてすぐ車から降りると、一目散にオフィスへ向かった。

「皆様、本日はご搭乗いただきありがとうございます。機長の北条です」

離陸前の機長からのアナウンスが始まった。

機内に響く心地よい低音に聞き入ってしまいそうになる。

「現在のロサンゼルスの天候は晴れ、気温は摂氏二十六度です。フライトの所要時間は約十時間五分を予定しております」

透真さんのアナウンスの後、機体が動き始める。

十一時五十五分に羽田空港を発ち、ロサンゼルス国際空港への到着は六時を予定している。帰りのフライトは翌日の十六時五十分なので、いつもより滞在時間は長めだ。

機体がエンジン速度を上げて滑走路を飛び立ち、水平飛行になると私たちはギャレーへ行き食事の提供の準備を始めた。


食事後は通路を歩きながら、乗客一人ひとりの様子をチェックし、その都度ドリンクの提供をしたり、寒いと言う乗客にはブランケットを追加したりする。

あのお客様……。

座席に座り不安そうな表情を浮かべる年配の女性客が目に入る。

「なにかお困りのことはありますか？」

「じつは、飛行機に乗るのが久しぶりで、少し怖いんです」

女性客に穏やかな笑顔を浮かべる。

「それは心配ですよね。でも、大丈夫です。操縦桿を握る北条キャプテンはとても優秀な方なのでご安心ください。なにかあればいつでも声をおかけください。温かいお茶をお持ちしましょうか？」

女性は安心した表情になり、「ありがとうございます。お茶をいただけるとうれしいです」と頼まれ、いったんギャレーに行く。

紙コップに緑茶を入れて女性のもとへ戻り、テーブルを出して置いた。

「なにかほかにご不安な点があれば、いつでもお知らせくださいね」

「あなたのおかげで、少し気持ちが軽くなりました。本当にありがとうございます」

お客様の笑顔が見られたのでよかった。

飛行機は十時間十分後、予定通り現地時間の朝六時にロサンゼルス国際空港へと到着した。

降機する乗客を見送り、ひと通り機内を点検したのち全員でオフィスへ向かう。

歩いていると、うしろから「北条キャプテンって、めちゃくちゃ好み。素敵よね～」と声が聞こえて思わず鼓動が跳ねた。

「若いのに機長だし、かっこいいしね。恋人くらいいるんじゃないの？」

「ハーフの松本さん知ってる？　エンジンがひとつ故障したときに、北条キャプテンのクルーで抱きついたって聞いているし、その前から彼女が恋人だって噂があるわ」

三人のＣＡたちの話が丸聞こえで、居心地の悪さを感じながら入国審査に並んだ。

ふたりが恋人同士でないことは知っているけれど、ＣＡたちは直接北条キャプテンに聞けないから噂が広がっていくのだろう。


クルー全員がバスに乗り、リトルトーキョーにも近いダウンタウンにあるＡＡＮ系列のホテルへ向かう。

透真さんは先に乗り込み、うしろの席にいる。近くには先ほど噂話をしていた三人が座っている。私の席は前の方だ。

ロサンゼルス国際空港を出てから三十分くらいで、ホテルに到着した。周りには高層ビル群がある。

部屋に入ってすぐ透真さんからメッセージが入る。

【一時間後、エントランスで待ち合わせたい。大丈夫か？】

以前、ＬＡの街を案内すると言ってくれたけれど、やっぱりふたりで出かけて見られたら困るし……。なぜ透真さんは私を誘ってくれるのだろう……。

どうしよう……。

【誰かに見られたら困るので、一緒に出かけるのはやめた方がいいと思います】

考えた末にメッセージを送ったが、すぐに【見つかるようなへまはしない。大丈夫だから行こう】と戻ってきた。

へまはしない……か。

バレたら大変だと葛藤しながらも、透真さんと出かけたい気持ちが勝り、【はい。一時間後に行きます】と返事を送った。

制服を脱ぎシャワーを浴びて、バスローブを身に着けて髪を乾かす。終わると白いクロップドパンツにレモンイエローのカットソーを着る。

髪はハーフアップにしてバレッタで留め、薄くメイクをして支度を終わらせる。

いつも持っているショルダーバッグに必要なものを入れて時計を見ると、待ち合わせ時間の十分前だ。

もう一度洗面所の鏡で確認してから部屋を出て、七階から一階へエレベーターで下りた。

やはり透真さんと一緒にいるところを顔見知りに見られたりでもしたらと思うと、胸をドキドキさせつつ約束のエントランスに出る。

透真さんは……。

キョロキョロさせて辺りを見ると、艶やかな黒のアメ車から彼が現れるのが見えて、歩を進める。

「乗って」

助手席のドアを開けてくれたので乗り込み、シートベルトを装着する。

透真さんも運転席に戻って座ると、エンジンをかけた。

「この車は……」

ミラーに羽がついたドリームキャッチャーがぶら下がっている。

「俺の車だ。ホテルに持ってきてもらったんだ」

手放していないのは、ＬＡに戻る可能性もあるってこと……？

「行きたいところは？　どこへでも連れていく」

「え……っと、ビーチへ。まだ一度も訪れたことがなくて」

「ＯＫ。ベニスビーチへ向かおう」

透真さんは車寄せから、道路に出てスピードを上げた。

ダウンタウンを抜けると、高層ビルが立ち並ぶ景色が徐々に広がり、郊外の緑が増えてきた。

「もうすぐハリウッドサインが見えてくる」

そう言われて、スマホをバッグから出すと、透真さんが笑う。

「後でちゃんと撮れるところへ案内するよ」

「ありがとうございます。車で出かけないと撮る機会がないので」

「フライトの滞在中にあまり遠出はしないよな」

車はフリーウェイに乗った。

「はい。最初の頃はこっちのオプショナルツアーを利用して出かけたりしたんですが、年とともに近場をウロウロする程度になりました」

車が多いが、透真さんの巧みな運転でリラックスして座っていられる。

四十分ほどでベニスビーチのエリアに近づくと、ヤシの木が立ち並び、まさにカルフォルニアの景色が広がっていて人々で賑わっているのが見える。

「歩こうか」

透真さんは民間のパーキングに車を停車させた。

街にはおしゃれなウォールアートがたくさんで、思わずキョロキョロしてしまう。

車から降りると、まだ朝の九時過ぎなのにポップミュージックが聞こえてきて賑やかだ。

夏のような陽光が降り注ぐ中歩いていると、色とりどりのフードトラックが並ぶエリアで立ち止まる。

「腹が空かないか？　ランチの時間までにはまだある。食べようか」

「はいっ」

さまざまなフードトラックがあるが、私たちが決めたのはタコスだ。

「おいしそうですね。海を見ながら食べるなんて気持ちがよさそう」

「そうだな。中身はどうする？」

透真さんはフードトラックのメニューを指差し、種類が豊富なタコスのメニュー表を見て注文を決めてオーダーする。

メキシコ系の男性が手際よく作っていく様子を見るのも楽しい。

グリルされたチキンと新鮮なフィッシュ、そして色とりどりの野菜をトルティーヤに包んでできあがった。

透真さんがお金を払う前に、私が先に支払う。

「七海」

「これくらいいいじゃないですか。観光に付き合ってもらっていますし。あ、あっちへ行って食べましょう」

「まったく……」

彼は苦笑いを浮かべる。

空いているベンチを指さして、そこへ向かい腰を下ろす。

サーファーたちが波と戯れている海をバックにタコスを楽しむ。

「遠慮なくいただくよ」

「はい、とてもおいしいです」

広がる白い砂浜と青い海が日本の景色とは異なり、開放感に包まれた気持ちになる。

日常の喧騒を忘れ、リラックスした時間を過ごすことができるこの場所は、まるで別世界のようだ。

仕事で来たことを忘れそう……。

「連れてきてくださりありがとうございます」

「まだ序の口だ。これからほかのところにも案内する」

「ほかのところ？」

食べ終わり、その場を離れて再び歩く。

アートに彩られたウォールが並ぶベニスボードウォークには、多くの観光客や地元の人々が行き交っている。

「透真さんは学生時代この場所によく来たんですか？」

「十六で運転免許を取ってからは行動の幅が広がったから、来ていたよ」

「十六歳で免許を⁉　アメリカのティーンエイジャーのドラマみたいですね」

「そんな感じではないが、みんなと騒いでいたときもあった」

懐かしい思い出でもあるのか、透真さんは頬を緩ませる。

「今では考えられないですね」

「もう十六年も前のことだ。すぐに大学に入って寮生活になったから、車を乗り回して遊んでいた期間は少しだった」

飛び級で大学進学って噂は本当だったのね。

「さてと、次はどこへ行きたい？」

「ハリウッドへ。すみません。おのぼりさんみたいで」

「そうだな。とても世界中を飛んでいるＣＡには見えないな」

透真さんはおかしそうに笑う。

「それは自分自身が身に染みています。本当に仕事ではホテル近辺しか行かなくて。今日は得しちゃいました。ハワイでもそうでしたが、透真さんは私が知らない景色を見せてくれます」

ポンポンと楽しい会話ができるのは、カルフォルニアの太陽の下だから？

車はベニスビーチを離れる。

ヤシの木が道路の両側に立ち並び、再びフリーウェイに乗りハリウッドへ向かった。

ハリウッドに近づくと、通り沿いにはカフェやショップが並び、多くの観光客で賑わっている。

「まずはハリウッド・ウォーク・オブ・フェームだな」

車をパーキングに止めてから、透真さんと大通りを歩く。

歩道に埋め込まれた数々の星形のプレートには、映画や音楽の世界で名を馳せたスターたちの名前がある。

チャイニーズシアターの豪華で異国情緒あふれる建物の前では、観光客たちが映画のプレミアや有名な手形と足形を見学している。

私は数人の好きな俳優のものを見つけ、スマホで撮った。

それから通り沿いにある土産物のショップを覗き、透真さんのおすすめのアメリカンダイナーへ行くため、車を止めているパーキングへ戻った。


アメリカンダイナーで、ボリュームのあるハンバーガーを食べていると、ふいに透真さんがスマホをポケットから出した。

スマホは手の中で振動している。

「母さんだ」

そう言って通話をタップして耳にあてて話しだす。

「車をありがとう。ああ。楽しんでいるよ……え？　夕食に？」

会話をしながら、透真さんは対面に座る私を見遣る。

夕食……？

「君に会いたいらしい。夕食に招待したいと言っている」

養父母にしてみたら、もうすぐ結婚する息子の恋人と会いたいと思うのは当然だ。

「はい。ぜひ」

にっこりうなずくと、透真さんは行くと伝えてから通話を切った。

「すまない。まさか夕食に誘われるとは思ってもみなかった。車を頼んだとき、七海を案内すると口をすべらせたせいだ」

「いいえ。偽の婚約者役しっかり務めさせていただきます」

「ありがとう。それまでまだ時間があるからドライブでもしようか」

「眠くはないですか？」

ランチを食べておなかが満たされると眠気が襲ってくる。

「俺は大丈夫だが、君はドライブ中寝てもかまわない。それともホテルに戻って夕食に出かけるまで寝る？」

養父母と対面するときは頭をはっきりさせておきたいが、こんな機会滅多にないのでロサンゼルスをドライブしたい。

「透真さんさえかまわなければドライブを」

「ＯＫ。あと三時間ほどドライブをしてから家へ行こう」

「あ、手土産を持っていきたいです」

「母さんの好きな店があるから、そこへ寄ってケーキを買っていこう」

私たちはアメリカンダイナーを出て、車に戻る。

「はぁ～おなかいっぱい。ダイナミックなパテでおいしかったです。なかなか日本にはないですよね」

「ああ。ときどき食べたくなる」

そう言いながら、エンジンをかけた透真さんの右腕が助手席に置かれ、その瞬間心臓が大きく跳ねた。

車をバックさせるために手を掛けただけなのに、ドキドキしちゃうなんて……。

ハリウッドサインがよく見えるビーチウッド・ドライブでは、観光ガイドやテレビなどで見たことのある正面に見える風景で、車から降りてスマホを向けた。

十七時過ぎ、透真さんの運転する車はなだらかな傾斜のある道を走っている。ヤシの木や花々が植えられた街路は、まるでリゾート地のような雰囲気だ。

左右にさまざまな建築スタイルの邸宅が並ぶ。地中海風のヴィラからモダンなガラス張りの邸宅など、高い塀に囲まれた大きな鉄柵の門などもあって、走っているところはわからないが、その豪華さから高級住宅地ではないかと思う。

どこだろうと窓の外で目を凝らしていると、標識が見えて〝Bel Air〟とあるのがわかった。

「ご自宅がベルエアに……？」

ＬＡでビバリーヒルズに並んで最も高級な住宅街だと言われているエリアだ。

「ああ。高い場所にあるからロサンゼルス市内が一望できる」

そう言われてあぜんとなっているうちに、門から敷地に入っていき、数台ある車の隣に止まる。

白亜の豪邸から養母の智子さんが現れ、ニコニコと手を振ってこちらへ歩いてくる。

車から降りると、智子さんがこちらの挨拶式で、笑顔でハグをする。

「七海さん、また会えてうれしいわ」

「お招きありがとうございます」

「今日は賑やかになるわね。主人は今ケントを迎えに行ってるの。もうすぐ戻ってくるわ」

「母さん、車をありがとう」

私たちのところに透真さんが来て、智子さんは私にしたように彼に腕を伸ばしてハグをする。その姿は固い絆で結ばれた親子だ。

「ドライブは楽しかった？」

「ああ。あちこち回れた」

透真さんもうれしそうで、彼は実母の妹さんに育てられて幸運だったのではないかと思う。

「さあさ、中へ入って」

玄関の中へ歩を進めてから、透真さんはショッパーバッグを智子さんに渡す。

「母さんの好きなケーキを買ってきたんだ」

「ありがとう。気を使わなくてもいいのに。七海さんの提案でしょう」

茶目っ気たっぷりに私を見る。

「買ってくれたのは透真さんです。素晴らしいお宅ですね」

「ええ。主人ががんばってくれているおかげよ。トーマ、家の中を案内してあげなさい。夕食はプールサイドでバーベキューよ」

「わかった。七海、こっちだ」

玄関ホールには二階へ続く階段があり、クラシックなチェストなどの家具が配置されている。

その先のドアに智子さんは消えていき、透真さんは左の部屋へ案内する。そこはこげ茶色の床にソファセットがあるリビングルームだった。

「ここは第二のリビングで、主に人が来たときに使っている」

「リビングルームがふたつあるんですか？」

「ああ。こっちへ」

リビングルームを出て智子さんがいなくなった方へ歩を進めると、大理石の床にソファセットがある居心地のよさそうな広いリビングルームがあった。

大きな窓の外にはバーベキューセットとテーブル、その向こうにプールがあるのが見えて、驚きで目を見開く。

彼はふいに私の手を取って、リビングルームを横切ってプールを左手に見ながら柵のところまで連れてくる。

手を握ったのは、もうじき結婚するカップルに見えるようにだろう。誰もいないがいつ何時見られるかわからない。

手を触れられているだけで、ドキドキ鼓動が脈打つ。

陽が沈み始めている。

空は徐々にオレンジやピンクに染まり、やがて深い青色へ変わって、ライトがやわらかくプールサイドを照らしているのが美しい。

「ロマンティックな眺め……」

目の前には無数のビルや街灯が輝き、まるで宝石箱をひっくり返したような光景が目に飛び込んできて息をのむ。

「……はぁ～信じられないくらい素敵なお宅ですね」

「ああ。父さんの父親が若い頃こっちにやって来て商売を始めたんだ。小さな鉄板焼きの店を、全米や東南アジアの主要都市へとチェーン展開できるまでに大きくさせたのは父さんだ」

「智子さんとの出会いは……？」

「母さんがＬＡに観光で来たときに出会い、ふたりはすぐに結婚を決めたらしい」

「チャーミングな智子さんなので、若い頃も魅力的だったのでしょうね」

そこでリビングルームの方が賑やかになり、振り返ると男の子がこちらへ駆けてくるのが見えた。

「兄ちゃん！」

十四歳のひょろっとした男の子は透真さんに抱きつく。

「健斗、少し背が伸びたか？」

「兄ちゃん、こっちに来ても顔を見せてくれないから寂しかったよ」

うれしそうな笑顔から、健斗君が兄を大好きなのがよくわかる。

「健斗、俺の妻になる人を紹介する」

そう言うと、健斗君の顔が隣にいる私に向けられた。

「江上七海さんだ。キャビンアテンダントをしている」

「七海です。健斗君、よろしくね」

「へぇ。ＣＡなんだ。まあ、合格かな」

「健斗、失礼なことを言うなよ」

私、なんだか敵対心を持たれてる……？

「兄ちゃんは完璧なんだから、奥さんになる人にも僕は完璧を求めるんだ」

急に英語に切り替わった。

「まったく、俺は完璧じゃないよ。どこからそんな考えが出てくるんだか。それに、七海は俺にとって素晴らしい人だから、ごちゃごちゃ言うなよ」

健斗君は英語だったが、透真さんは日本語で彼をたしなめる。

「仕方ないな〜、兄ちゃんに怒られるのは嫌だからうまくやるよ。お姉さん、よろしくお願いします」

にっこりチャーミングな笑みを浮かべた健斗君は私に手を差し出す。

「あ、はい。よろしくお願いします」

彼の手を握ったところで、養父母が食材ののったトレイを持って仲よく現れた。

譲司さんが私のところへやって来る。

「お招きいただきありがとうございます」

「七海さん、ようこそ。トーマの妻になる人だ、こちらにいらしたときにはいつでも顔を見せに遊びに来てください」

「ケント、手伝って。あなたはお肉をおいしく焼いてね。トーマは七海さんをほかの場所にも案内して。終わったらパウダールームで手を洗ってきなさいね」

智子さんは采配を振るって男性たちを動かす。男性陣は笑って、動き始める。

「二階を案内するよ」

「私もお手伝いを——」

「こっちはふたりにやってもらうから大丈夫よ。トーマ、焼けた頃に戻ってね」

智子さんはそう言い、大型のバーベキューコンロの前にいる夫と息子のもとへ行く。

室内へ戻り玄関ホールから二階へ上がる。

「健斗がすまない」

「大好きなお兄さんを取られるみたいで複雑な気持ちだったのでしょう」

「かもしれない。母さんたちは楽しそうで、君を連れてこられてよかった」

「騙していることが心苦しいです」

「たしかに、七海の性格ではそうだろうな。ここが俺の部屋。今は殺風景だ」

ドアを開けると、十二畳くらいの部屋にダブルベッドやデスク、本棚などがあった。

ふと、本棚に飾られている小学生くらいの透真さんの写真が目に入った。養父母の間に立っており、表情が暗く見える。十二歳でここに来たときの透真さんの姿が目に浮かび、ギュッと胸が締めつけられた。

でも、さっきも思ったけれど、彼は実母に育てられるよりもここに来て、自分のやりたいことができたのだから幸せだったのだと思う。

そう考えるが、透真さんの心の傷はまだ癒えていないのかも。


最新の設備が整ったバーベキューコンロから、香ばしい料理の匂いが漂っている。

炭火でじっくりと焼かれる大きくて分厚い牛肉やチキンは、外側がカリッと香ばしく、中はジューシーな仕上がりでそのおいしさに舌鼓を打つ。

「七海さん、たくさん食べてね。トーマ、泊まっていいのよ。そうしたらアルコールが飲めるのに」

六人掛けのテーブルには透真さんと私が並んで座り、反対側に北条家の面々が座っているが、譲司さんはバーベキューコンロとこちらを行ったり来たりしている。

申し訳なくて手伝おうとすると「バーベキューは男性の仕事なのよ」と智子さんに言われてしまい席を立てずにいた。

「母さん、知っているだろう？　フライト中はアルコールを飲まない。たとえ少量でもね。これで充分」

彼はレモンの輪切りが入った炭酸水のグラスを持って口へ運ぶ。

「さあ、奥様の命令通りおいしそうに焼けたぞ」

譲司さんが大皿にグリル野菜やエビの串焼きを運んできた。

健斗君はおなかが空いているようで、焼けたソーセージを新鮮な野菜と一緒にパンに挟んで大きな口を開けて食べている。

特製のソースやマリネで味付けされたステーキなどは、今まで食べたバーベキューの中で一番おいしく感じられた。

「ねえ、兄ちゃんたちって本当にカップル？　なんかそう見えない。イチャイチャしないし」

ふいの健斗君の指摘に、鼓動がドクンと跳ねる。

「日本では人前でスキンシップはしないんだ」

透真さんの切り返しにホッと安堵するが、健斗君はまだ疑いの目で見てくる。

「でもさ、兄ちゃんはこっちで生活していたんだし、ちょっと違うんじゃないかな～」

「もう、ケント！　七海さんは日本で生活しているんだから違うのよ。日本人は奥ゆかしいの」

智子さんに助けられて、透真さんは苦笑いを浮かべる。

「母さんの言う通りだ。人前で肩を組んだりキスをしたりしたら、七海の顔が真っ赤になるだろう」

そう言って、私の手を握る。しかも指と指を交互に入れる恋人つなぎだ。

慣れないことに、顔に熱が集まってくるのがわかる。

「ほんとだ。もう顔が赤いよ」

「あら、トーマ。まだエンゲージリングを贈っていないの？」

健斗君が納得したところで、今度は智子さんに突っ込まれ一瞬慌てるが、口を開く。

「智子さん、会社の規定で乗務中は結婚指輪しか身につけられないんです。自宅に置いてあります」

「そうなのね。身につけられないなんて残念ね。それでいつ結婚するの？　結婚式はどこで？　いつでも日本へ行くわ」

「手続きは近々に。結婚式はおいおい探すよ」

透真さんの言葉に譲司さんが顔をしかめてから口を開く。

「トーマ、そんな悠長なことを言っていたら、七海さんがあきれ返って結婚してくれなくなるぞ」

「そ、そんなことないです。お互いが忙しいので……」

首を左右に振ってなんとかごまかそうとする。

「ダディ、マム。ちゃんと考えているから。そのときまで楽しみにしていて」

すると健斗君が大きなため息をつく。

「もう、僕の話題にしてよ。兄ちゃん、僕に彼女ができたんだ。トレイシーって言って、めちゃくちゃかわいいんだよ。今日、トレイシーを呼べばよかったな」

「あなたはトレイシーの話ばかりなんだから。もっと勉強がんばらないとね」

母親にたしなめられて、健斗君は肩をすくめ、透真さんが笑った。

邸宅を出る頃には眠気に襲われていて、今日のお礼を言って車に乗り込んだ。

時刻は二十時三十分を過ぎたところだ。

やわらかな音楽がカーステレオから流れて、余計に眠気に誘われる。

「窓開けていいですか？」

「ああ」

透真さんの方で操作して半分ほど開けてくれる。

夜の空気は涼しく、目が少し冷める。

「もしかして眠い？」

「あたりです」

運転している透真さんの方を見て笑みを浮かべる。

「まあ、そうだよな。羽田を経ってから、考えると一日以上起きていることになる」

「明日はお昼まで寝ていられそうです。透真さんは眠くないんですか？」

「俺も部屋に入ったらすぐに眠りそうだ。だが、もう一カ所案内したい」

「もう一カ所……？」

「グリフィス天文台だ。そこからの夜景はさっき見たよりも綺麗だ」

フリーウェイに入ると、ロサンゼルスの夜景が徐々に広がり始め、四十分ほどで車はグリフィス天文台の駐車場に到着した。

駐車場からはライトアップされた天文台の建物が見える。

車から降りると、ロサンゼルスの夜景が一望できた。

「ここからの夜景は家から見るよりもさらに綺麗なんだ」

「ご自宅からあの景色を見られるのはすごいと思います。でも、ここの雰囲気もいいですね」

ロサンゼルスの街並みが足もとに広がって見える。

夜間フライトでこういった夜景を見ることが多々あるが、隣に透真さんがいるからなのか、また別の浮き立つような感覚になる。

「眠気が一気に冷めました」

そう言うと、透真さんは麗しく頬を緩ませる。

ふいに目と目が合って見つめ合った瞬間、彼の顔が降りてきて唇が重なった。

え……。

びっくりしている間に、透真さんの唇は私の唇を甘く食む。

まさかキスされるなんて思ってもみなかった。

彼の唇が甘く塞いだ後、口腔内に舌が割って入って、心臓が激しくドクンとなった。

深いキスに戸惑い、透真の胸をぐっと押す。

「待ってください。い、いきなりキスなんて……」

「でも、嫌じゃないだろ？　こんな蕩けた目をして」

　再び引き寄せられ唇を重ね、そこから官能的なキスに変わっていく。

　周りに人がいるにもかかわらず、夢中になって応えていると、ゆっくり唇が離れた。

　透真さんに熱がこもった瞳で見つめられていて、言葉に困ったが口を開く。

「……ここは彼女とデートした場所なんですね」

「は？」

　今まで私の唇をもてあそんでいた唇は半開きで、言葉を失ったようだ。

　彼の目は一瞬も動かずに一点を見つめ、まるで時間が止まったかのように凍りついている。

「だって、突然キスするなんておかしいですし。こんなロマンティックなところだと、そうなるのもわかります」

「七海にキスをしたくなったからしたんだ。彼女とデートをしたとか、関係なく」

「だから雰囲気で――」

　私、なにを言っているんだろう。とにかくキスをした理由を知りたいわけなんだけど、したくなったからだって透真さんが言っているんだから、特別理由なんてないのだろう。

「もう眠くてなに言ってるのか自分でもわからなくて。ホテルへ帰りましょう」

「ちょっと待て」

歩き始める私の腕を透真さんが掴《つか》んで、立ち止まらされる。

「キスしたくなったからじゃだめなのか?」

透真さんが真剣な表情で聞いてくるけれど、もうこの話は続けたくなくて、あえてにっこりと笑みを浮かべてみせる。

「いいえ。こんなロマンティックな場所でキスなんて、アメリカドラマみたいでした」

透真さんはなにか言いたげな表情になったが「帰ろう」と歩き出した。


車に乗り込み、走り始める。

「この時間帯は空いているから三十分くらいで着くはずだ」

ダウンタウンに近づくにつれて、道沿いにはレストランやショップのネオンが輝いて、ベルエアとは別世界のよう。静かなグリフィス天文台とも違う。

透真さんの言った通り、三十分後、車はホテルに到着した。

「今日はロサンゼルスを満喫できて楽しかったです。ありがとうございました」

辺りに知り合いはいないか確認して車から降りる。

透真さんも降りると、鍵をバレーサービスに預ける。

「先に行くといい。おやすみ」

「はい。では、おやすみなさい」

透真さんから離れて、ロビーを通りエレベーターホールへ向かった。

エレベーターを待っていると、「江上さん」と女性の声がして心臓がドキッと跳ね振り返る。フライトクルーのチーフパーサーの女性だ。

「あ、お疲れさまです」

エレベーターが開いてふたりで乗り込む。

「みんなで夕食どうかなと思って部屋に電話をしたら出なかったから。出かけていたのね」

「はい。友人がこっちにいまして。すみません。次回はぜひ」

「ええ。北条キャプテンもいなかったし。結局数人で行ったの。じゃあ、明日。おやすみなさい」

五階に到着して先にチーフパーサーが降りていった。

一緒にいるところを見られずに済んでよかった……。

翌日、十六時五十分にロサンゼルス国際空港を発ち、日付変更線を越えて羽田空港にはさらに次の日の二十一時に到着した。

乗客の降機を見送り、オフィスに戻ったのちデブリーフィングも滞りなく終わった。

「おつかれさまでした」

着替えのために更衣室へ行きドアを開けようとしたとき、中から松本さんが出てきた。彼女も乗務から戻ってきたようだ。

私服のアプリコット色のワンピース姿は華があり、乗務を終えたようには見えないほどはつらつとしている。

「あら、江上さん。久しぶりね。ここ最近会わないわね。どこから戻ってきたの？」

「松本さん、おつかれさまです。ＬＡから」

「じゃあ、北条キャプテンのクルーだったのね」

彼の乗務を調べているようで、内心びっくりする。

「え、ええ」

「ＬＡはいいわよね」

「そうね。お天気もよくて気持ちのいい日だったわ。じゃあ、おつかれさまでした」

「おつかれさま」

松本さんがオフィスの方へ消えていき、私は更衣室へ入り私服に着替えた。

そういえば、ＬＡ便の搭乗日、透真さんが車で送ってくれたんだった。まさか帰りは一緒じゃないよね、誰かに見られる可能性もあるし。

そんなことを考えながら更衣室を出て、キャリーケースを取りにいったんオフィスへ戻ろうとしたところで、副操縦士と廊下で話をしている透真さんがいた。

彼は私の姿を認めると、副操縦士と別れて私のところへやって来る。

「北条キャプテン、おつかれさまでした」

「江上さん、おつかれ。車で待っている」

それだけを言って、透真さんはキャリーケースを引いて出口へ向かった。

彼はあたり前のように一緒に帰るつもりだったのね……。誰かに見られてもかまわないと思っているのだろうか。

目撃されては絶対にだめだと思っているのに、自信ありげな彼の言葉にほだされてしまう。

八、不穏を招く名刺

七月初旬。まだ梅雨明けはしていないが、夏の訪れとともに蒸し暑さを感じる季節になった。

今日も朝から太陽が燦々《さんさん》と降り注ぎ、早い時間帯から気温が上昇している。

私はハワイ便で、透真さんは昨日からハノイへ行っており、十五時過ぎに帰国する予定だ。

グリフィス天文台でのキス以来、あのことはなかったかのように過ごしている。そもそもすれ違いばかりだから話もゆっくりできない。

どのみち実母が遊びに来たら同居は解消するのだから、透真さんに惹かれてはだめと、自分に言い聞かせている。

だけど、彼への気持ちは日に日に増し、強力な磁石のように惹きつけられるのだ。

一緒に暮らし始めてから、ほとんど自宅でくつろぐ時間が持てていない。それでも家に戻ってきたときに、出迎えてくれる人がいるというのはいいものだなと思う。

このまま一緒に暮らせれば……などと、淡い期待をもってはだめ。

今月のシフトで透真さんと同じフライトになるのは、中旬のオーストリアのウィーンだ。

十六時に家を出て、羽田空港のオフィスへ向かい、到着するとまず更衣室へ行き髪を夜会巻きにして制服に着替える。

それからオフィスへ足を運び、いつものように出発までの手順やブリーフィングを行ってから全員で搭乗ゲートへ向かう。

毎回のことだが、この時間はキリッと気持ちが引きしまる。

機内に入れば乗客の安全と快適に過ごせるように常に動き、受け持った担当クラスに責任を持ち、頭と体で臨機応変に動かなければならない。

今回私はファーストクラスの担当になった。十名の搭乗客をふたりで担当する。受け持つ人数は少ないが、食事やベッド作りなどかなりの重労働である。

料理は見本通りに美しく盛り付け、アルコール各種の知識も頭に入っていないとならない。

ファーストクラスのお客様は食事などすべての提供サービスの時間を指定できるので、早い人だと座席に着いたときから飲み物やフィンガーフード、おつまみなどの提供が始まる。

お客様も一流のサービスを希望しているからこそファーストクラスに乗られるので、対応するときはかなり慎重になり、いまだに慣れない。

三十代くらいの男性に「仕事を片づけるので食事は後でください」と頼まれており、リクエストがあったので料理を提供する準備を整える。

ほかの乗客には提供済みで、その後座席をベッドに作り終え、現在はそれぞれリラックスした時間を過ごしている。

同僚に食事を持っていくことを言って、ギャレーを離れる。

「失礼いたします。お食事の準備が整いました」

「どうぞ」

ドアを開けると、高級スーツを身にまとい、リクライニングシートにゆったりと身を預けている男性がいた。

「綾瀬《あやせ》様、お待たせいたしました。こちらが本日のディナーになります」

丁寧かつ慎重に、テーブルの上に料理を並べる。

男性は洋食をオーダーしており、アミューズ・ブーシュは容器に入ったキャビアとサーモンの前菜。続いてメインディッシュには、完璧に焼き上げられたステーキ。旬の野菜とクリーミーなマッシュポテトが添えられている。

「おいしそうだ。ＡＡＮさんは料理も接客も最高なので、ほかのキャリアは考えられないですよ」

綾瀬様は料理に満足してくれた様子。

彼の言葉にお辞儀をしながら、「なにかありましたらいつでもお申しつけください」と言って、その場を離れた。

それから間もなくして綾瀬様から呼ばれ、ワインリストを持っていく。彼はそれを見ながら少し考えた後に、カリフォルニアの赤ワインを注文した。

いったんギャレーに戻り、所望された赤ワインのボトルを手にして綾瀬様のもとへ向かった。

「江上さん、ありがとうございます」

綾瀬様は朗らかな笑顔で感謝の言葉を伝えてくれ「とんでもありません。では、お楽しみください」と言って離れた。

ギャレーへ戻ると、ファーストクラスを一緒に担当している二年先輩が食事をしていた。

「お先に」

「はい。お疲れさまです」

食べられるときに食べなければタイミングを失ってしまうので、落ち着いたところで私も立ったまま隣で食事を始めると、先輩が口を開く。

「綾瀬様、素敵よね。ＩＴ企業のＣＥＯらしいわ」

「お忙しそうですね。食事前までお仕事されていましたし」

そこへコールボタンに気づき、フォークを置いた。

「私が行ってきます」

お客様のことを話すのは苦手だし、してはいけないと思っているので、ちょうどよかった。

あと二時間ほどでダニエル・Ｋ・イノウエ国際空港に到着する。私たちはファーストクラスのお客様が席を外している間にベッドを座席に整えると、朝食の準備にかかった。

「本日もＡＡＮをご利用いただきありがとうございます。またのご搭乗お待ちしております」

アナウンスから間もなく飛行機は着陸態勢になり、無事にダニエル・Ｋ・イノウエ国際空港に到着した。

まずはファーストクラスのお客様からの降機を見送っていると、綾瀬様がビジネスバッグを手に現れる。

「江上さん、ありがとうございました」

「綾瀬様、ご搭乗ありがとうございました」

頭を下げたところへ名刺が差し出された。

「連絡ください。じゃ」

名刺を受け取らせた彼は飛行機から降り、ボーディング・ブリッジを軽やかな足取りで歩いていった。

今まで何度も乗客から名刺を渡されたことはあるので、サッとポケットにしまう。隣にいた先輩に見られていたようで、ファーストクラスのお客様がすべて降機した後「綾瀬様からお名刺をいただいたのね。うらやましいわ」と言われてしまった。

「あの場ではいただくしか。連絡はしません」

お客様から名刺をいただいても連絡はしないと決めている。万が一にでも仕事に支障が出るようなことは避けたいから。

「連絡をしないの？　もったいないじゃない」

驚いた様子の先輩にうなずく。

「はい」

それに私には好きな人がいる。綾瀬様だって、ほかのＣＡにも簡単に渡していそうだから、私からの連絡など期待はしていないはず。

ハワイ便の乗務を終えて透真さんの家に戻るも、彼は今日からローマへ飛んでいてすれ違いだ。

乗務する前に作っておいたハヤシライスは食べてくれていた。

ラグジュアリーなバスルームでゆっくりお湯に浸かる。バスタブの中からプルメリアの香りが漂いリラックスできた。

お風呂から上がると、パウダールームで部屋着に着替えて自室へ戻る。

「バスタブから夜景を見られるなんてまさに至福の時よね」

独り言ちた後、ストレッチをしていると弟からメッセージが入る。

【姉ちゃん、早く来ないと日葵が大きくなっちゃうぞ】

そうだ……まだお祝いにも行っていない。

スマホのスケジュール帳を開いてみるが、三日連続の休みが今月はない。新潟まで行くのなら、少しはゆっくりしたい。

ただ向こうに行けば母の縁談話が加熱するのは目に見えている。

透真さんから偽装結婚を提案されたときは、恋人ができたと母に嘘をつけば縁談を回避できると思った。でもよく考えたら母のことだ、『それなら連れてきなさい』と言うだろう。そう思い至ると母にはどうにも対応できず放ったままでいる。

定期的に【縁談の日取りどうするの？】というメッセージや不在着信が続いており、都度忙しいとごまかしているけれど、いつまでこうしていられるか。考えただけで憂鬱になる……。

来月、年次有給休暇を取る……あ、八月はお盆があるからそれ以降か……。

いちおう届出を出すということで、弟へのメッセージは【八月後半に休みが取れたら行くね】と送った。


翌日は休日で、明日帰国する透真さんに食べてもらおうと考えてスーパーへ行き、食材をいろいろ買ってきた。

オープンキッチンは広々として使い勝手がよく、外の景色も見られて気分がいいので料理をしたくなる。同居する前は面倒でコンビニに頼ってしまっていたのに。

「あとは……食べてくれる人がいて作りがいがあるからかな……」

青空を見ながら、じゃがいもの皮をピーラーで剝き始めた。

透真さんが、私を愛してくれる可能性はある……？

あのキス以来、ふたりで長くいられる時間はないし、私は彼の身近にいる女性たちより面倒じゃなさそうだから偽装結婚の提案をされただけ。

グリフィス天文台でのキスも、あの場の雰囲気がロマンティックだったから。

そのとき、どこからか電話のような音がして思考が現実に引き戻された。

音の鳴る方へ近づくと、リビングルームのチェストの上にある電話機からで、そこに〝由紀さん〟と出ていた。

ドキッと心臓が跳ねたが、鳴りやまないので受話器を上げた。

「もしもし」

《七海さんかしら？　お忙しい中、ごめんなさいね。由紀よ》

「由紀さん、こんにちは」

なんと言っていいのかわからず、挨拶もありきたりな言葉しか出てこない。

《お仕事でお忙しいのね。何度もかけていたんだけど。でも七海さんがそこにいらっしゃるということは結婚の手続きは済ませたの？　透真さんはそこに？》

「お電話に出られず申し訳ありません。なかなか家にいる時間がなくて。透真さんはローマのフライトでいません。手続きは……まだなんです」

《そうだったの。でも、お忙しいから届出が出せないってわけじゃないでしょう？　まさか結婚を考え直しているとか？》

「え？　いいえ。そんなことありません」

もしかしたら由紀さんは透真さんの結婚観を知っているの……？

《七海さんのような素敵な方なら透真さんを幸せにしてくれるわね。透真さんのこと、よろしくね》

「はい……透真さんに伝えておきます」

《早く幸せなふたりの姿を見に行きたいわ。そちらの方も話してね》

「……わかりました」

通話が切れて、無意識にため息を漏らす。

由紀さんの透真さんへの結婚に対する熱量がすごい。

騙していることに罪悪感は否めないが、透真さんの話に乗ってしまったからには無事に喜んでもらわなければ。

翌日、透真さんはお昼前に自宅へ戻ってきた。

「おかえりなさい」

「ただいま。久しぶりだな」

「はい。あの、由紀さんから昨日電話があって。すみません。あまりにも鳴るので出てしまって」

玄関からリビングルームに歩を進める透真さんの足が止まる。

「かまわないよ。電話に出た方が真実味があるだろう。それでなんと言ってた？」

「私が電話に出たのでもう結婚手続きが済んでいると思われたようで、まだ忙しくしていませんと言ったら……」

「言ったら？」

涼しげな眼差しで見つめられ、心臓がドキッと音を立てる。

「早く結婚してほしい、幸せなふたりを見に行きたいとおっしゃっていました」

「それがこの偽装結婚の目的だからな。折を見て呼びたい。いいか？」

わかっているのに、透真さんの口から『偽装結婚』という言葉が出たことで気持ちが沈んでいく。

「……もちろんです。休日が合ったときにでも。ランチはテーブルの上に。夕食は冷蔵庫に入れてあります。よかったら召し上がってください」

そろそろ仕事に出なくてはならない。今日はハノイ便で、明日の帰りになる。

「料理を作らなくてもいいのに。休日にゆっくり休めないだろう」

「とくにやることもないですし、キッチンが素敵なので作りたくなるんです。では、いってきます」

「ありがとう。いただくよ。Good luck.」

透真さんに笑顔を向けてから自室へ入り、キャリーケースとショルダーバッグを手にして玄関に向かった。


電車で会社へ向かい、いつものように更衣室で支度をしてからオフィスへ入る。

「おはようございます」

誰ともなく挨拶をして、キャリーケースを所定の場所に置いてから、自分のメールボックスへ歩を進める。

会社から配布される重要な書類や、クルー同士の手紙や物のやり取りなどに使用するためのものだ。デジタル化が進んでいて業務用の伝達事項などはスマホにメッセージで送られてくるが、ロッカーがない私たちにとって物のやり取りができるこのメールボックスは役に立つ存在だ。

開けてみると、私が欲しかったシートマスクが手に入ったからと、茜からのプレゼントが入っていた。

うれしい。茜にメッセージ送っておかなきゃ。とりあえずボックスの中に置いたまままで、明日戻ってきてからにしよう。

そんなことを考えながらほかの書類などを確認していると、一通のシンプルな封筒が入っていることに気づく。

それを手にして裏側にしたところで、差出人の名前に驚きで目を見張った。

綾瀬様……？

差出人には〝綾瀬〟としかない。思いあたるのはファーストクラスのお客様の綾瀬様だ。

降機するときに名刺を渡され『連絡ください』と言われたが、当然していない。名刺はボックスの奥の小さな箱にしまってある。そこには今までいただいた名刺が入っている。捨てるのも申し訳ない気がしてとってあった。

封を切って手紙を取り出す。

【江上さん、先日はありがとうございました。あなたのことが忘れられません。あなたからの連絡を首を長くして待っているのですが、脈はないということでしょうか？】

その通りなのだから連絡はしない方がいいと思っている。けれど、乗客としてまた会ってしまったらバツが悪い。

とりあえず手紙は茜がくれたシートマスクの入っていた袋に入れて、メールボックスを閉めた。


ハノイ便では後輩の深山さんと同じクルーだった。

彼女と会うのは久しぶりだったが、前回と同じこわばった表情なので、嫌われているのだと悟る。担当するクラスが違うのが幸いだ。

ハノイのノイバイ国際空港に到着したのは二十時十分で、空港近くのホテルに入ったのは二十二時近くだった。

明日のフライトは八時五分出発なので、チェックインして部屋に入るとシャワーを浴びた。

七月のベトナムは気温も湿度も高いが、ホテルは寒すぎるくらいなので、体がおかしくなりそうだ。

冷房を調節して、早めに就寝しようとスマホを持ってベッドに横になると、メッセージが入っていることに気づく。

開いてみると透真さんで【肉じゃが、うまかったよ】としか書かれていなかったが、うれしくなって頬が緩む。

だめだめ。透真さんは礼儀でお礼をしたまでなんだから、浮かれちゃだめ。


それから十日が経ち、今日から透真さんと同じオーストリア・ウィーンの乗務だ。

飛行距離が十五時間五分と長いので、機長が二名に副操縦士が一名いて、うれしいことに茜も一緒だ。

そして松本さん、深山さんともうひとりの後輩もクルーメンバーだった。

二月のシドニーのフライトと同じクルーメンバーで、ファーストクラスを私と松本さんが担当する。

機長は透真さんと真衣ちゃんの旦那様の蓮水キャプテン、副操縦士は真木さんで、CAたちは浮き立っている気がする。

搭乗ゲートへ向かうとき、美形のキャプテンふたりが並んで話しながら歩を進めるのは眼福ものだ。

「本日は、当便をご利用いただき誠にありがとうございます。当機はウィーンまでのフライト、AN732便。出発予定時刻は二十二時五十五分です。機内のセーフティーデモンストレーションを行いますので、どうぞご覧ください。安全のため、シートベルトをしっかりと締め、背もたれを直立にし、テーブルをもとの位置に戻してください」

アナウンスをしているのは茜で、日本語の後に英語で挨拶をしている。

そのアナウンスを聞きながら、ファーストクラスのお客様の一人ひとりに挨拶と飲み物の提供をする。

一段落してギャレーで松本さんと担当を振り分け、決まったのち、書かれている名前を確認して目を見張る。

綾瀬……まさか……そう思いたいけど、念のため。

「あの、松本さん。担当を交換していただけませんか？」

「なんで？　もう決まったんだから、早く仕事しましょう。テイクオフの時間になっちゃうわよ」

松本さんは担当のお客様のもとへとグラスの回収に行ってしまう。

あの綾瀬様ではないかもしれない。

そう考えてひとブースずつグラスの回収を済ませていき、綾瀬様の座席の前に立ち

「失礼します」と言ってからドアを開ける。

まさかとは思ったが、彼だった。

「どうも。江上さん。あなたが乗務のフライトでうれしいです」

前回のハワイ便では高級スーツを着ていたが、今回はカジュアルな半袖のシャツとチノパン姿で、私に笑顔で声をかける。

「綾瀬様、本日もご搭乗ありがとうございます」

「連絡、ずーっと待っているんですが」

「申し訳ございません。じつは私、結婚しておりまして」

そう答えればあきらめてくれるだろうと考えてのことだ。

「ええっ？　結婚を？」

そのとき、コックピットにいる透真さんの離陸のアナウンスが聞こえてきた。聞き入りそうなほどの魅力的な声だ。

ほどなくして、飛行機は安全や効率の観点からトーイングカーという特殊車両に牽引され、滑走路へと向かう。

「はい。もうじき離陸しますので、シートベルトの着用をお願いします」

綾瀬さんがシートベルトを装着するのを確認してから「失礼いたします」と、丁寧にお辞儀をして持ち場のジャンプシートに戻り、シートベルトをしっかり閉めた。

隣の松本さんはすでに座っている。

通路にあるカーテンの向こう側はビジネスクラスだ。

「ねえ、さっきどうして持ち場を変えてほしいと言ったの？」

「以前、名刺をいただいたお客様が乗っていらしたので」

「あら。ファーストクラスのお客様なら、願ったり叶ったりじゃない？」

機内にはエンジン音が響き、松本さんの声は小さいが誰に聞かれるかわからない。

「そんなことないわ。もう大丈夫だから」

機体が浮いたのがわかった。操縦桿を握っているのは透真さんかな。

蓮水キャプテンのクルーに何度かなっているが、真衣ちゃんの夫も完璧な操縦をすると定評があるので、このフライトの乗客はラッキーだと思う。

その後、食事の提供で綾瀬様のところへも行ったが、結婚のことには触れられずホッと安堵する。

丁寧にテーブルの上に料理を盛ったお皿を置いて、次の乗客のもとへ行く前にギャレーで料理を揃えた。

十五時間五分の長いフライトを終え、ウィーンに到着した。現地時間は朝七時。降機する乗客を見送り、個室の忘れ物などのチェックをしていると、コックピットから蓮水キャプテン、透真さん、真木副操縦士の順で現れた。

「おつかれさまです！」

松本さんが笑顔で挨拶し、私は三人が通り過ぎるのを会釈して待つ。

その後、オフィスでデブリーフィングを始めたが、透真さんが「最後になにか？なければ解散――」と言いかけたところで、松本さんが「あの」と口を開いた。

「なにかあるのか？」

透真さんが尋ねると、松本さんが見たことがないほどの申し訳なさそうな表情を浮かべ、チラッと私を見る。

「私と江上さんですが、本日ファーストクラスの担当でした。江上さんがおひとりのお席から十五分ほど戻ってこなかったので――」

「ちょっと、待って」

私の制止を無視して彼女は続ける。

「彼女の担当のお客様も私が対応しました。長居したそのお席は男性です。そんなに時間がかかることなどないので、もしかしてお知り合いで職務怠慢だったのかなと。

江上さん、そんなに焦るなんてあなたらしくないわね」

松本さんがやんわりと笑みを浮かべる。

「十五分だったと確信が？　時計で測ったのか？」

透真さんに指摘をされ、松本さんから笑みが消える。

「……いいえ。とても長かったとだけ。あ、それからお手紙を預かっています」

え？　いつ……？

困惑しているうちに、松本さんは制服のポケットから手紙を出してみせる。

ふたりになる時間なんてたくさんあったのに、ここで渡すのは私を陥れるため……？

「はい。綾瀬様から」

隣に立つ茜の前を越して私に渡す。

「それだけか？　では、デブリーフィングは終了。蓮水キャプテン、いいですね？」

「ああ。江上さんはモテるんだな。松本さん、お客様がなかなか話を終わらせてくれないこともある。彼女に好意があるのならなおさらだ。では、ホテルへ戻ろう」

「提案があるんですが！」

真木副操縦士が笑顔で手を上げる。

「ちょっとギスギスした雰囲気なので、街を観光してランチをしませんか？　天気もいいので。とくに、蓮水キャプテンと北条キャプテンが参加していただけると、参加率が高くなります」

「私参加します！　七海も行くわよね」

手を上げたのは茜で、私に同意を求める。

「……はい。私も参加します」

松本さんの攻撃にかなりのダメージを受けたが、蓮水キャプテンと真木副操縦士のおかげでその場のピリピリ感がなくなった。


バスでホテルへ向かい一時間ほど休憩やシャワーを使い身支度を整えた後、ロビーへ下りた。

ウィーンは久しぶりなので、観光したいと思っていた。

明日の羽田空港までのフライトは十一時二十分なので、今日は一日たっぷり時間が使える。

茜はあの場の雰囲気をよくしようと真木副操縦士の提案にすぐに乗ったが、キャプテンふたりがあの場で行くと言わなかったので、結果参加者は六人だった。

その中に驚くことに、蓮水キャプテンがいる。

松本さんはロビーまで来たものの透真さんの姿が見えないので、「様子を見に来ただけよ」と言って参加しなかった。

松本さんのあからさまな透真さん狙いに、茜があきれている。

深山さんと後輩のふたり組も参加している。様子をうかがっていると、どちらかが真木副操縦士に好意を寄せているように見える。

タクシー二台で最初に訪れたのは、美しいシェーンブルン宮殿だ。

黄金色に輝く宮殿の前庭で、私たちは思い思いに写真を撮る。

私が参加するとわかっているのに、透真さんは来なかった……。やはり私には興味がないのだ。手紙の件に関してもほとんど無関心だったのは、私をなんとも思っていないから……。

「七海！　皆行っちゃうよ」

茜の声にハッと我に返ると、目の前で彼女がジッと見つめていた。

「松本さんのこと、考えてた？」

「う、うん」

実際には透真さんのことだが。

「モテる七海に嫉妬しているんだと思うよ。素敵な乗客に手紙を頼まれるなんて、彼女にとったら屈辱だと思う。今まで美人ＣＡとしてちやほやされていたから。私にしてみたら、いろいろなことを比べると七海の方が勝ってる」

「いろいろなことって……？」

「まあ、顔とか性格とか、仕事ぶりとか？　あ、ほら、置いていかれる」

茜は笑って私と腕を組んで、手を振っている真木副操縦士のもとへ向かう。

広大な庭園を散策し、歴史的な建物や美しい花々を楽しんだ。

その後、市内中心部にあるシュテファン大聖堂へ向かった。

大聖堂の尖塔に登り、ウィーンの街並みを一望する。

「ここからの眺め、まるで絵画のように美しいね」

「久しぶりに観光したって感じよ」

茜は美しい街並みを見て、大きく深呼吸をしてから口を開く。

「にしても、真木副操縦士、深山さんたちにべったりされて大変そう」

少し離れた並びにいる彼らへ顔を向けて笑う。

「君たちは仲がいいんだな」

ふいに声がして振り返ると、私たちより頭一個分は背が高い蓮水キャプテンが立っていた。

「はいっ。七海はなんでも打ち明けられる大親友なので」

茜の言葉に心臓が跳ねる。

なんでも打ち明けられると言ってくれているのに、私は隠し事をしていて胸が痛い。

「真衣も江上さんの話をよくしているよ。真衣は江上さんを手本にしていたと。インタビュー記事もよかった」

「真衣さんの文章力のおかげです」

そこへ真木副操縦士がやって来た。

「皆さん、そろそろランチ行きませんか」

「賛成！　おなかが鳴りそうだったの」

茜がにっこり笑いながら、おなかに手をやった。


地元のレストランへ向かい、せっかくなので伝統的なウインナー・シュニッツェルを楽しむことにした。仔牛の薄切り肉をフライにしたものだ。

サクサクの衣をまとったシュニッツェルをひと口頬張って、目を見張る。

「これまで食べた中で一番おいしいシュニッツェルかも」

「すごい、サックサクね」

茜も同意するがどこか上の空で、視線を追うと、対面の斜め端に座る真木副操縦士を見ている気がする。

彼の横には深山さんがいて、彼女は私たちとはひと言も口を聞かないのに、真木副操縦士と蓮水キャプテンには満点の笑みを浮かべて話しかけている。

彼女たちともう一度話をした方がいいのかな……。


ランチを済ませると私たちはホテルへ戻り解散する。

私と茜はそのまま部屋に戻らずにホテルの周辺を散策することにした。

グラーベン通りは賑やかで、街の雰囲気を楽しみながらショップを覗く。

美しい建物が立ち並ぶこの通りには、高級ブティックやカフェが軒を連ねており、観光客や地元の人々で賑わっている。

「あそこに入ろうよ！」

茜が指をさしたのは、有名なハイブランドの店舗だ。

「バッグでも買うの？」

「ううん。でも見て目を肥やさなきゃ。見るのはただよ」

笑いながら警備員が両脇に立っているドアに近づいたとき、中から松本さんが出てきた。肩にこのショッパーバッグをぶら下げている。

「あら。ここで買い物を？」

「まあね」

茜が不愛想に答える。

さっきは松本さんになぜ嘘をついたのか聞きそびれてしまったので、ちょうどよかった。

「松本さん、私が綾瀬様の席から十五分も戻らなかったって、なぜあんな嘘を？」

「まったく、そうやって優等生ぶって責めるんだから。自分の胸に聞いてみればいいじゃない。本当のことなんだから」

彼女の言い分に言葉を失う。

「デブリーフィングでは話さなかったけど、綾瀬様に結婚しているって言ったって？嘘はよくないわ。私が否定したら綾瀬様、ショックを受けていたわ」

「余計なことしないで。あきらめていただけなかったからそう言ったの」

結婚していないことをバラされて、かえって綾瀬様を傷つけてしまった。

「恋人がいないのなら、綾瀬様と会ってもいいんじゃない？　ＩＴ企業のＣＥＯだなんてお金持ちじゃない。見た目もいいし。ここのハイブランドのバッグだってポンとプレゼントしてもらえるわよ」

「いい加減にして！　勝手に決めつけないで！　茜、行こう」

同僚に対して声を荒らげたことなんてなかったのに、綾瀬様を侮辱し、私の気持ちを考えずにそういう男性になびくと思っている松本さんに心の奥底から込み上げてくる。苛立ちを抑えられなくて言い放つと、松本さんから離れた。

「七海、大丈夫？」

怒りに任せて歩いていると、茜に声をかけられる。

立ち止まって彼女へ顔を向ける。

「ごめん。大人げなかったね」

「ううん。怒って当然よ。最近の松本さんは度がいきすぎてるもの。なんで七海を攻撃するんだか」

「私もわからない……」

同僚に嫌われるのはこたえる。深山さんたちもまだ私にわだかまりがあるようだから、私がいけないのかもしれない……。

ネガティブな感情に襲われかけたとき、茜に腕を掴まれる。

「七海、落ち込む必要なんてないわ。松本さんの嘘はたち悪いから、あまりひどかったら上司に相談して同じクルーにならないように調整してもらうのもいいかもよ。よしっ、カフェ行こうよ。この先に有名なカフェがあるから。甘い物でも食べて憂さ晴らししなきゃ。話もあるし」

「ありがとう。茜が私に話？」

「ま、落ち着いたら話すわ」

茜の案内でグラーベン通りにあるカフェに立ち寄り、ひと息つくことにした。テラスに案内される。

「ここ、ウィーンで有名なカフェよ。去年だったかな？　ザッハトルテがめちゃうまだったの」

「おいしそう。ザッハトルテとアイスのウィンナーコーヒーにするわ」

茜も同じものにして、オーダーする。

通りを行き交う人々を眺め、松本さんの件は口にせず他愛のないことを話していると、注文したものが運ばれてきた。

表面が艶やかなチョコレートでコーティングされたザッハトルテと、生クリームたっぷりのウィンナーコーヒーは芸術品みたいに見える。

茜はスマホで写真を撮ってから食べ始めるが、なにか文字を打っているようだ。

ふと透真さんを思い出す。なにをしているのだろう……。

一緒に出かけなかったことを思い返してまた暗くなりかけ、無理やり笑みをつくって気持ちを切り替える。

「茜、夜どうする？　けっこう疲れたよね」

「あ……ごめん。話ってそのことなの。約束が入って……」

茜が頭を下げる。

「え？　約束？」

「じつは……数日前に真木副操縦士から告白されて」

恥ずかしそうに告白する彼女に、私は笑みを深める。

一カ月前に茜は彼氏と別れていた。理由は何人もの女性と付き合っていたのが発覚したせいだ。

「びっくりした……おめでとうって言っていいのかな？」

茜も彼に好意を持っているのはわかったけれど。

「うん。もちろんよ。それで付き合うことになったの」

彼女はどちらかというとボーイッシュなタイプで、頬を赤らめて乙女全開の茜に、好きな人の話をするときはこんな表情になるんだなとうらやましくなる。

「交際は内緒にするんだ……よね？　真木副操縦士はコーパイの中でもＣＡに人気があるし」

「そうなんだよね。今日の深山さんたちの行動を見ていたら、とてもじゃないけど公表なんてできないわ。ま、結婚まで進んだら発表するかな」

「それがいいかも。今日はふたりきりのディナーを楽しんできて」

「そうする。ひとりにさせてごめん」

茜は顔の前で両手を合わせて謝るが、「ううん。気にしないでいいの。なにか食べられるものを買って帰るから」と言って、ウィンナーコーヒーの生クリームをスプーンですくって口に入れた。


ホテルの部屋に戻って、ハーフアップにしていた髪からバレッタを外す。

明日のフライトに備えて今夜はゆっくりしよう。

やっと透真さんと同じフライトになったから、一緒に出かけられたらいいなと淡い期待をしていたのにな……でも、もう五時か……。

帰りがけにおいしそうなオープンサンドを買ってきている。パンの上にサラミや卵、オリーブが乗っているものや、チーズときゅうり、トマトがのったオープンサンドだ。

メイクを落とそうとしたとき、スマホの鳴る音が聞こえてきた。

バッグから出してみると、透真さんだった。通話をタップして出る。

「もしもし」

《俺だ。夕食を食べに出よう》

「私に予定があるとは思わないんですか？」

決めつけたような言い方についムッとする。

さっきまで透真さんと出かけられたらうれしいと思っていて、それが実現しなくて若干落ち込んでいたのに。

《ああ、真木さんと横瀬さんは夕食に出かけるだろう？》

「どうしてそれを……？」

《真木さんがそう言っていたから》

「じゃあ、私がひとり寂しく過ごしているから誘ってくれって頼まれたんですね？」

なぜかとげとげしくなる。

《どうした？　機嫌が悪そうだな。真木さんからそんなことは頼まれていない。行くのか？　行かないのか？　どっちだ？》

自分の意思で誘ってくれるのなら……。

「行きます」

テーブルに置いてある、オープンサンドの入ったショッパーバッグを見つめる。

《では三十分後にロビーでいいか？》

「はい」

返事をすると通話が切れた。

オープンサンドは冷蔵庫にしまい、メイクを直しに洗面所へ歩を進めた。

ロビーで待ち合わせするのは本当にドキドキハラハラする。

透真さんはアンティークソファに座っていた。長い脚を組んで堂々と座っているからかなり目立っていて、近づいても大丈夫なのだろうかと心配になる。

彼はスマホに視線を落としていて私に気づかない。

仕方なく辺りを見回し、知り合いがいないことを確認してから近寄ると、透真さんが顔を上げた。

「お待たせしました」

透真さんは白いTシャツの上にグレーのジャケットを羽織り、スリムな濃紺のスラックス姿だ。

アンティークソファから立ち上がると、身長も高いからモデルみたいに見えて見惚れそうになる。

でも、こうしている間にも誰かに見られかねなくて、この場からさっさと離れたくて歩こうとしたとき――。

「北条キャプテン！」

松本さんの声がして、心臓が大きく跳ねる。

「江上さんもいたの？　北条キャプテン、夕食に連れていってくれませんか？」

私を一瞥した松本さんは透真さんに麗しい笑みを向ける。

「北条キャプテン、私はこれで。失礼します」

今なら通りすがりに会って挨拶した程度に見られるはず。

「ちょっと待て」

うしろを向いた私の手が掴まれ、引き戻される。

「松本さん、申し訳ないが、これから江上さんとふたりきりで食事をするんだ」

え……？

私も驚くが、松本さんの目が大きくなって驚愕している。

「北条キャプテンが……江上さんと？」

「ああ。ふたりきりで。じゃあ、失礼する」

手を掴まれたままなので、彼が歩き出すと引っ張られるようにして松本さんから離れた。

「あんなふうに言われたら困ります」

「では、彼女も一緒に食事をするか？」

「そうではなくて、私たちが一緒のところを見られただけでもまずいのに、ふたりきりで食事だなんて」

「彼女ははっきり言わなければあきらめない。それくらいわかるだろう？」

明日にはこのことがあちこちに知れ渡っていそうだ。……透真さんはそれでよかったの？

透真さんはエントランスでタクシーを拾うと、先に私を後部座席に座らせてから乗り込んだ。

「別にふたりで食事に行くくらい、たいしたことではない」

「……そうですが」

タクシーは十分後、石造りの建物の前に到着した。

「オーストリアの料理を出すレストランだが、ランチは？」

「あ、ウインナー・シュニッツェルです」

「予想通りだ。オーストリアはそれだけじゃないからほかのも食べるといい」

レストランに入店し、透真さんは流暢なドイツ語でスタッフに話をしている。

ドイツ語も話せるなんて知らなかった。

白いテーブルクロスがかかった四人掛けのテーブルに案内され腰を下ろしたが、透真さんは東洋人の女性に話しかけられて立ち止まっている。

どんな会話をしているのかわからないが、親しげに話すふたりに嫉妬心が芽生え、心にモヤモヤとした黒い気持ちが渦巻く。

どんよりした気持ちでいると、透真さんが戻ってくる。

「すまない」

「いいえ。親しそうでしたが、ご友人ですか？」

「ああ。昔なじみだ」

対面の椅子に腰を下ろした彼はテーブルへ視線を落とす。

「メニューは英語のもあるが？」

私にそのメニューを渡そうとするので、首を左右に振る。

「透真さんが選んでください。ドイツ語も話せたんですね」

「ああ。LAに行って英語を学び始めた頃、いろいろな言語に興味を覚えたんだ」

やっぱり透真さんなら由紀さんと一緒だったとしても、学業はトップクラスだったかもしれないけれど、多人種が多いLAで暮らしたからこそ、いろいろな方向に興味が向かったのではないだろうか。たいていの人は環境に左右されるし。

透真さんはメニューから料理を選んで、オーダーを済ませる。

「みんなでどこへ行ったんだ？」

「シェーンブルン宮殿とシュテファン大聖堂です。透真さんはホテルにいたんですか？」

「いや、クリムトの〝接吻《せっぷん》〟を鑑賞しにベルヴェデーレ宮殿へ行った」

「絵画に興味が？」

「ああ。どちらかといえば、モダンアートだが、絵画も時間があれば観に行く。実物は写真で見るよりもはるかに素晴らしいからな」

もしかしてさっきの人とデートしてたのかな……ディナーは彼女に先約があったから断られて、でも会いたくてこの店に？

そこへノンアルコールのスパークリングワインが運ばれてくる。

ビネガーとマスタードでクリーミーに味付けされたポテトサラダの皿が、テーブルに置かれた。

ブレットルヤウゼといって、肉やチーズなどをたっぷりと盛り合わせた皿も。

「いただきます」

薄く切られたチーズと肉をひと口大に切って食べる。

「おいしいです。アルコールがどんどん進むやつですね」

「ああ。ノンアルコールでも進みそうだ」

やっぱり透真さんと一緒に食べていると落ち着く。

ターフェルシュピッツがテーブルに届けられる。煮込んだ牛肉にホースラディッシュとすり下ろしたリンゴのソースで食べる、オーストリアの一般的な料理らしい。

「あの、デブリーフィングのときの松本さんの話ですが……」

「十五分間乗客の席にいたことか？　彼女の誇張だとわかっている」

「いただいた手紙……気にならないですか？」

思わずずっと心に引っかかっている言葉を口にした。

「とくに気にならない。だが」

デザートを運んできたスタッフに話しかけられて話が中断する。

シナモン味のリンゴがたっぷり入ったアップルシュトルーデルにアイスが添えてある皿と、アイスコーヒーが置かれる。

デザートを食べ始めるが、『だが』の後が気になる。

「透真さん、さっきの〝だが〟の続きは？」

「どんな男なのかは見てみたい」

その程度の関心なのかと、がっかりする。私はこんなにもあの女性について気になっているのに……。

「まだ八時か。この近くのプラーター公園で観覧車にでも乗るか。世界最古といわれている観覧車だ。ウィーンの夜景が見られる」

「……はい」

やっぱり私が男性から手紙をもらっても気にならない程度なのね。

レストランを出て、十分ほど歩くと観覧車乗り場に到着した。

「え？　七海⁉　北条キャプテン！」

気持ちが沈んでいたせいですぐ近くに茜がいるのも気づかず、彼女のギョッとした声で真木副操縦士といる彼女を認めた。

「茜……」

「北条キャプテンとふたり……きり？」

私と透真さんが一緒で、彼女はあぜんとなっている。

動揺する私の代わりに口を開いたのは透真さんだ。

「ふたりだったら、問題でも？　横瀬さんも真木さんと一緒にいるだろう？」

「で、ですね」

茜が我を取り戻して、小さく口もとを緩ませる。

「北条キャプテン、せっかくなので四人で乗りますか？」

真木副操縦士は提案するが、ふたりはあきらかにデートなので私たちは邪魔だろう。

「いや、ふたりで乗ってくれ」

透真さんもそう思ったみたいだ。

「では失礼して」

先に列に並んでいた真木副操縦士と茜が乗ることになった。

茜は私に小さく手を振り、観覧車のスタッフに誘導されて乗り込んだ。

「まさか会うなんて……」

「デートコースにはうってつけのところだからな」

そこで私たちの順番がきて観覧車のスタッフに乗るように言われ、ゆっくり動く箱に足を踏み入れた。

しだいに地上から離れ、上昇していく。観覧車から街全体がやわらかな光に包まれているような光景が見える。

頂上に近づくにつれ、ウィーンの街並みがいっそう鮮明に広がっていき、歴史ある建物がライトアップされているのがわかる。

シュテファン大聖堂や、美しく照らされたウィーンの街が一望できて言葉を失うほどの美しさだった。

ＬＡの夜景は白色の輝きだったが、ここは暖かみのあるオレンジっぽい色合いだ。

こんな夜景をふたりきりで見たら、真木副操縦士と茜はいいムードだろうな。

対面に座る透真さんは腕を組み、外を見ている。

今、なにを考えてるんだろう。私じゃなくさっきの女性とこの景色を見たかった？

そう考えたらモヤモヤとした思いがまたも心に湧き上がる。あの人じゃなく私を見てほしい。焦燥感に駆られ、思いきって口を開く。

「……透真さん、キスしてくれますか？」

グリフィス天文台でのキスが思い出されて、つい言ってしまうと、彼は口もとを緩ませた。

「こっちへ来て」

心臓が跳ね上がり、それから早鐘を打ち始める。

足も震えてきたが言われるままに席を立って、透真さんに近づくと手を引かれて彼に覆いかぶさるような体勢になってしまい慌てて離れようとする。

「俺の上に座って」

彼の片方の脚に腰を下ろしたが、はたから見たとしたら私が襲っているように見えるかもしれない。

私の後頭部に大きな手のひらがあてられ、透真さんの顔が至近距離に迫る。

「前はキスして怒ったのに、いいのか？」

恥ずかしいのに、からかう口調で言われてしまい、さらに羞恥心に襲われる。

私、なにやってるんだろう。

「あのときは……びっくりしたからです。透真さんが私とキスをしたくないのならもういいです」

立ち上がろうとした次の瞬間、私が乱暴に動いたせいで頂上まで来た箱が大きく揺れた。

「きゃっ！」

透真さんが私を引き戻し抱きしめられる。

「大丈夫だ。少し揺れただけだ」

乗客までも魅了する声が耳もとでささやかれる。その声に一瞬恐怖で縮み上がった心臓が今度は別の意味で痛いくらい暴れ始め、脚に力が入らなくなるような感覚に襲われる。

「す、すみません」

「まったく、キスしたくないならおいでとは言わないだろう？」

目と目を合わせた透真さんは麗しい笑みを浮かべ、私の唇を塞ぐようなキスをした。

下唇を甘く食まれ、ぞくぞくした快感が体を走っていく。

自然と開く唇の間に熱い舌が差し込まれ、口腔内を探るように動かされると、頭の中が真っ白になって透真さんの舌を追うことに集中する。

どのくらい経ったのかわからないまま、透真さんの唇が離れる。

「もうすぐ地面に着く」

その声にハッとなって、彼から離れて対面の椅子に座った。

とても慌てているそぶりだったのだろう。透真さんが笑っている。

キスの名残りがないか、手の甲で唇を軽く触れる。

先に到着した茜たちがいなくなっているといいな。きっと今の私の顔は、〝キスしました〟って顔になっているはず。

「大丈夫。いつもと変わらない。顔が赤くても街灯の明かりでわからない」

またからかわれていて、濃密なキスをしたのに、透真さんは平然としている。

私から誘っちゃったんだ……。

夜景に魔力があるからいけないのだ。

到着間際ドアが開き、最初に透真さんが降り、手を差し出されて力強い手を握って地面に足を着けた。

茜たちがいなくなっていてほしかったけれど、ふたりは私たちを待っていた。

「七海！　夜景、綺麗だったね」

「……そうだね」

そういうのがやっとだ。

「北条キャプテン、もう帰りますか？」

「ああ」

真木副操縦士に聞かれて、透真さんがうなずく。

「では、一緒に帰りましょう」

「そうしようか」

透真さんと真木副操縦士、私と茜が並んで歩き、道路まで出る。

「七海」

茜が小さな声で呼ぶ。

「ん？」

「北条キャプテンと七海、お似合いよ」

その言葉になにも答えられなかった。透真さんのことを黙っていた茜への罪悪感に襲われたからだ。

茜は真木副操縦士の話をカフェでしてくれたのに……。


翌朝、制服を着て、髪も夜会巻きにして洗面所の鏡に映る自分を見る。

冴えない顔だ。

松本さんがクルーに昨日のことを話しているかもしれないと考えたり、レストランで親しげに話をしていた綺麗な女性の存在や、嫉妬に駆られて私からキスをしてほしいと頼んだことを考えたり。さらには茜に私たちのことを話せないことなどでなかなか寝つけず、寝不足になってしまったせいだ。

透真さんと食事に行ったのはたまたまだと言えばいいし、キスは大人なんだから欲望のままにすることだってあるだろう。茜には落ち着いたら必ず話そうと結論づけた。

両頬を軽く手のひらで叩いて、自分に活を入れてからロビーへ下りた。

ロビーにはチーフパーサーがいて、私は二番目だ。

「おはようございます。今日もよろしくお願いいたします」

「江上さん、おはようございます。よろしくお願いします」

挨拶をした感じから、チーフパーサーが昨晩のことを知っているようには見えない。

そこへ茜やほかのクルーが続々とやって来て、シドニーの集合のときバタバタしていた深山さんたちも普通に輪の中に加わる。

松本さんも姿を見せ、チーフパーサーに挨拶をして笑顔だ。

それから蓮水キャプテンと透真さん、真木副操縦士が現れ、点呼を取った後、迎えのバスに乗ってウィーン国際空港へと向かった。

蓮水キャプテンの助言なのか、今回は松本さんと離れてエコノミークラスを担当することになった。しかし、深山さんたちがいる。

余計な雑念は入れずに、今は乗客のために全力を尽くすだけだ。

次々と搭乗してきたお客様の荷物を頭上の棚に入れるのを手伝ったり、新聞を所望する人に配ったりしているうちにほぼ座席が埋まり、離陸前の安全に関するデモンストレーションが画面で始まった。

私たちCAの何人かが実物を装着し、ビデオに沿ってデモンストレーションする。

離陸準備が終わると、蓮水キャプテンのアナウンスがあり、十一時二十分定刻通り飛行機が動きだした。


同僚と一回目の食事の提供を終えてギャレーに戻ると、深山さんたちは低い声でなにか話していたが、私が入った瞬間にその話し声がピタッと止まった。

そこにいるのは深山さんを含めて四人だ。彼女たちは一瞬目を合わせ、次の瞬間には目くばせをした気がした。

その場の空気が一気に不穏なものへと変わるのを感じて、胸の奥に冷たいものが走るのを覚えた。

もしかして私と透真さんのこと……？

そんな気がしたが、場の雰囲気を一掃するために「なにかあったの？」と尋ねる。

「なんでもないです。雑談をしている最中に厳しい江上さんがいらっしゃったので、慌てて口をつぐんだんです」

嫌み全開の深山さんの言葉に言葉を失うも、すぐに「そうね。仕事中よ。私語は謹んでね」と口にして、空のミールカートを棚に収めた。


羽田空港に到着したのは九時四十五分。

デブリーフィングのため、オフィスに向かう中、「えー、嘘！　江上さんと？　北条キャプテンを狙っていたのに」と声が聞こえてきた。

ビジネスクラスを担当していた先輩ＣＡだ。

「清純そうな顔をしてしたたかなのね。ファーストクラスのお客様に、結婚しているからとお断りしたそうよ」

「それって、北条キャプテンとそのお客様を天秤にかけて、皆がうらやむキャプテンを選んだってこと？」

「それもあるけど、結婚の文字を出して北条キャプテンにプレッシャーをかけているのかもよ」

あからさまな会話が聞こえてきて、当惑する。

「七海、気にすることないって。妬みなんだから」

隣を歩く茜に励まされるが、顔がこわばって笑顔になれなかった。


デブリーフィングを終えて、パイロット三人だけが残って話をしている。

ＣＡたちは更衣室へ向かうが、私はその中に入る気持ちになれずにまだオフィスの隅のテーブルの椅子に座っていた。

「七海、着替えに行かない？」

「私はもう少し経ったら。茜は先に行って」

茜が隣の椅子を引いて腰を下ろす。

「さっきの話、気にしてるんでしょう。みんな嫉妬しているだけよ。最後の優秀な独身キャプテンを七海が射止めたから」

「射止めたんじゃないの、ただ食事に行っただけ。真木副操縦士が茜とデートで私がひとりになるから、気遣って誘ってもらうように言ったのよ、きっと」

本当のことを言いたいのに、偽装結婚は内々の話だから、今は口にできないのが心苦しい。

「そうだったら、私は真木さんによくやった！って言いたいわ。でも松本さんに見られたのは私たちのせいよね。ごめん」

「茜たちのせいじゃないって。タイミングが悪かっただけ。着替えてきて」

「そうだ！　もうお昼ね。どこかで食べていく？」

「……ううん。ごめん。今日はそんな気分じゃなくて」

「わかったわ。でも気にしちゃだめよ。七海はこのまま北条キャプテンをものにしちゃいなさいね。じゃあ、先に着替えてくるわ」

「うん。おつかれさま」

茜は着替えに更衣室へ向かい、入れ替わりにクルーたちが戻ってきて、キャリーケースを手にオフィスを出ていく。

「江上さん、まだそこにいたの？　北条キャプテンを待っているとか？」

制服から私服に着替え終えた松本さんだった。

「あなたが変な噂話をバラまいたせいで、面倒だからあなたたちがいなくなるまで待っていたの」

私らしくない辛辣な物言いだ。

「噂話じゃなくて、本当の話じゃない。北条キャプテンに色目を使っているみたいだけど、さっさとあきらめた方がいいわ」

「色目なんて使っていないわ。松本さんこそ、北条キャプテンが気になって仕方ないのなら告白すればいいいわ」

椅子から立ち上がり「じゃあ、おつかれさま」と言って、オフィスを出て更衣室へ向かった。

途中、茜に会って「またね」と手を振り合って別れた。

更衣室には誰もおらず、ホッと胸をなで下ろして着替えを始める。

寝不足と平静な気持ちになれないせいか、頭がズキズキする。夜会巻きにしていた頭からピンを外して髪を下ろす。ブラシで梳《と》かすと、少し頭痛が和らいだ気がした。

荷物をまとめてバッグに入れて更衣室を出たところで、前を歩く透真さんと真木副操縦士が見えた。

「北条キャプテン、めっちゃモテますよね。結婚はしないんですか？　江上さんといい雰囲気だったじゃないですか。それとも美人ＣＡの松本さんは？　狙っていますよ」

「本当に愛している人じゃないと、結婚しようと思わない」

透真さんの答えはわかりきっていた……。小学生の頃の過去の出来事が透真さんの心に傷をつくっているから、簡単に人を愛さないのだろうと。

だけど、気持ちが落ち込む。

制服のままオフィスに入っていったから、まだ仕事が残っているみたいだ。

少しその場に立ち止まってからキャリーケースを取りにオフィスへ戻り、スマホを出す。透真さんへ【先に帰っています】とメッセージを送った。

昼間なので電車で帰るところだが、頭の痛みで歩くのがつらいので、タクシーで帰ることにした。

後部座席に乗り込み、行き先を運転手に告げて目を閉じる。

やっぱり私は透真さんになんとも思われていなかったのだ……。

もう同居を続けてはいられない。彼の顔を見るだけで胸が苦しくなる。このまま偽装結婚を続けていたら、私はどんどん透真さんを愛してしまうから離れなければ……。

二十分後、透真さんのマンションのエントランスにタクシーが止まった。支払いを済ませてから降りる。

コンシェルジュに軽く会釈してから、エレベーターに乗って最上階へ上がる。

家に入ってリビングルームのカーテンの自動スイッチを押して開けると、燦々と降り注ぐ日差しがまぶしくて、さらに頭の痛みが増してくる。

手洗いうがいを済ませて自室に入ろうとしたところで玄関のドアが開き、透真さんと目と目が合う。

「おかえりなさい」

「少し待っていれば一緒に帰ってこられたのに」

「まだ込み入った話をしている様子だったので」

「どうした？　顔色が悪いんじゃないか？」

すぐ近くまで歩を進めてきた透真さんが私の顔を注視する。

漆黒の瞳に見つめられ、心が痛いのに、ドキドキしてしまう。

「デブリーフィングあたりから頭痛がして」

「ひどい痛みなのか？」

心配そうな瞳を向けられる。

「……けっこう」

「頭痛薬はいるか？　横になって休むんだ。無理をしないで」

「薬は飲まなくても大丈夫だと思います」

透真さんは私の部屋のドアを開けてくれ、私に入るように促す。

「食欲はありそう？」

首を左右に振って「ランチは食べられそうにないです」と答える。

「わかった。夕食は食べやすいものを作るから、気にせずに休んでいるんだ」

「すみません」

透真さんは私を安心させるような笑みを浮かべてドアを閉めた。

「はぁ……」

ベッドの端に座って、ため息が漏れる。明日が休みでよかった。

薬はできるだけ飲みたくないから、そのまま横になって目を閉じた。

悩み事はたくさんあるのに、疲れきっているせいですぐ眠りに落ちた。


「七海、七海」

優しく呼ばれてハッとなって目を開けると、至近距離に透真さんの顔があった。

「大丈夫か？　頭痛は？」

窓の外は薄暗い。

「はい。治まりました。今何時……」

「七時だ。夕食を作ったんだが、食べられるか？　っていうか、おなかは空いてる？」

「はい。おなかが鳴りそうです」

透真さんは笑って座っていたベッドの端から立ち上がり、私に手を差し出して起き上がらせてくれた。

部屋を出て透真さんの後についてダイニングルームへ行く。

ダイニングテーブルにはうなぎ丼とお吸い物、チキンサラダが用意されていた。

「冷蔵庫に入っていた食材を使わせてもらったよ。生活にかかる金を渡していなかったな。後で渡すよ」

今日戻ってきたら夕食にしようと思っていたうなぎ丼だ。

チキンサラダは透真さんのオリジナル。

「お金は大丈夫です。うなぎが食べたいなと思っていたので作ってもらえてよかったです。ありがとうございます」

「作ったうちに入らないが、食べよう」

まずはんぺんの入ったお吸いものをひと口飲む。

「とてもおいしいです」

本当になんでもできてしまうのね。透真さんなら結婚しなくても困らない。

「明日は休みだろう？」

「はい。透真さんはスタンバイですよね？」

「ああ。午後から自宅で。なかなか休みが合わないな」

実母を呼ぶことを考えているのだろう。

「そうですね」

「まだ疲れが取れていないみたいだな。食べ終えたら風呂に入って早めに寝るといい」

「……そうします」

透真さんに言われた通り食事を終えると、バスルームを使わせてもらい、バスタブから眺められる東京湾に浮かぶ船の明かりを見ながら、これからどうすればいいのか考えをまとめた。

九、通い合う心

翌日、七時に目を覚ましたが、透真さんと顔を合わせるのがつらくて部屋でグズグズしていた。

休日なんだから、まだ起きないと思っているだろう。

そんなことを思っているうちにまた眠りに落ちて、次に起きたときは十一時を過ぎていた。

由紀さんを安心させられたら、偽装結婚は即解消すると透真さんに伝えよう。話をして、この関係をさっさと終わらせなきゃ。

Tシャツとジーンズに着替えて、リビングルームへ行くと、透真さんの姿がどこにもない。

どこへ……。

午後からスタンバイだって言っていたし、緊急で呼ばれたとしたら、きちんとしたメモを彼は残していきそうだ。

パウダールームで顔を洗って歯磨きを済ませてから、キッチンへ歩を進める。

コーヒーの粉をマシンに入れて、氷をたっぷり入れたカップを抽出口に置きスイッチを押す。

そうしているうちに、黒のスポーツウェアを着た透真さんが帰ってきた。

「体調はどう？」

「よくなりました。ジムへ行ってたんですね」

「ああ。よくなったのは、うなぎを食べたおかげかな？」

そう言って透真さんは冷蔵庫からミネラルウォーターのペットボトルを手にして、蓋を開けると飲む。

スポーツ選手のＣＭのようで、飲むときの喉仏が動く様に見入ってしまいそうになって思わず目を逸らし、できあがったアイスコーヒーのカップを手にする。

「シャワーを浴びてくる。昼食は外で食べる？」

「ナポリタンでよければ作りますよ」

透真さんはスタンバイなので、外にいて呼び出されたら向かうのに時間がかかってしまう。それにお昼を食べているときに、私の気持ちを伝えるつもりだ。

「ああ。かまわないよ。ナポリタンは好きなんだ」

「では、これから用意しますね」

「すまない。じゃ」

彼はパウダールームの方へ消えていき、私はキッチンの棚にしまってあるパスタと冷蔵庫から野菜とベーコンを出して作り始めた。

ナポリタンと、缶詰を使って牛乳で伸ばしたコーンポタージュができあがった。

外は真夏の暑さだが、室内は冷房が自動で効いているので温かいスープが飲みたくなる。

透真さんは黒のTシャツとジーンズ姿でシャワーから戻ってきて、テーブルの席に着く。

そしてスマホをテーブルの上に置いた。いつ何時会社から呼び出しがあってもすぐに対応できるように。

「洋食屋で出てきそうな出来栄えだな。いただきます」

「どうぞ……」

とりあえず食べてからにしよう。コーヒーもマシンに落としてあるから、話は後で。

このゆったりとした朗らかな雰囲気を今は壊したくなかった。

「うん。うまいよ」

透真さんはもりもり食べている。運動してきたからおなかが空いたのだろう。

食事が終わって、コーヒーをふたつのカップに入れてテーブルへと戻る。

「透真さん、お話があります」

「話？」

彼はブラックコーヒーをひと口飲み、片方の眉を上げて私を見遣る。

「はい……由紀さんに来てもらう日を早々に決めてほしいんです。例えば、どちらかが夜便のときの昼間でもかまいません」

「実母を呼ぶ日か……どうした？」

「私たちの噂話がけっこう広がっていて……仕事がしづらいんです。なので、由紀さんを安心させたら、私はマンションへ戻ろうと思います」

「噂のことは知っている。だが――」

そのとき、テーブルに置いてあるスマホが鳴る。すぐわかるように大音量なので、一瞬ビクッと肩が跳ねる。

透真さんは腹立たしげにスマホを手にすると電話に出る。

「北条です。あ、はい。わかりました。すぐに向かいます」

通話を切った。

「機長が突然の腹痛らしい。行かなければ。戻ってきたらちゃんと話がしたい」

「もう偽装結婚は終わらせたいんです」

「……たしかに偽装結婚はやめなければな。実母の件は戻ってから決めよう」

透真さんは席を立って自室へ行ってしまった。

必死の思いで切り出した話はあっけなく終わった。彼も偽装結婚をやめようと思っていたみたいだし……やっぱり透真さんは私に対してなんとも思っていないのだ。

ウィーンで会ったあの女性とは事情があって結婚できないのかもしれない。

目頭が熱くなって涙がこぼれそうで、うつむくと両手で顔を覆った。

でも、こんなところを透真さんに見られるのは嫌だから乱暴に顔を拭くと、席を立ってキッチンへ向かう。

シンクの中にある汚れた皿を洗い始めた。

「七海、行ってくる」

「はい。お気をつけて」

透真さんは颯爽とした足取りで玄関へ消えていった。

「う……ぅっ……」

嗚咽を抑えようと必死になるが、脚に力が入らなくてずるずると床に座る。

透真さんから離れる日も近い……。

その現実が胸に鋭い痛みをもたらし、涙が止めどなく頬を伝って流れ落ちた。

ハワイやLA、そしてウィーンの楽しい思い出がフラッシュバックし、そのすべてが遠ざかっていくことがつらい。

ひとしきり泣いてぼんやりしていると、ジーンズのポケットに入れていたスマホの振動を感じた。

スマホをポケットから取り出してみると、会社からだ。

急いでタップすると、スケジュールを調整する管理部の女性だ。

「江上です」

相手は名乗ってから用件を話す。

《本日、管理部のサーバーダウンで、皆様のスケジュールが把握できず、江上さんにお電話させていただきました。乗務できないCAがふたり出てしまい、スタンバイだけでは対応できず、ほかの客室乗務員にも電話であたったのですが。本日のシンガポール便なのですができますか？　離陸は十六時四十分です》

「……はい。大丈夫です。これから用意してショーアップします」

《ありがとうございます。よろしくお願いします》

通話が切れた。

こんなときだからこそ、仕事をしていた方がいい。

パウダールームへ行き、泣いた顔を冷やすため冷たい水で顔を洗ってメイクをした。

部屋に戻ってシンガポール便の時刻を調べ、一泊分の荷物をキャリーケースに入れ、ショルダーバッグには乗務の必需品を確認しながら整えた。


十四時、身なりを整えてオフィスへ入り、パソコンで本日のデータを確認する。

透真さんはどこかにいるのだろうけれど、見ないようにしてパソコンに集中する。

天候は晴れ……乗客は……。

身体的理由でサポートが必要なお客様はわりと多く搭乗するので、必ず確認する。

車椅子のお客様はいない……と。

データを頭に入れると、シンガポール便のブリーフィングのテーブルに向かう。

そこにいたのは深山さんだ。

一瞬、私に気づいてそこにいたクルーメンバーがざわっとする。

噂の件だろう。

「江上です。本日の乗務、どうぞよろしくお願いします」

クルーメンバーは「よろしくお願いします」と口にする。

チーフパーサーがやって来てブリーフィングを始める。少しして、驚くことに透真さんが若手の副操縦士とともに現れた。

え……透真さんの乗務って、このフライトだったの？

彼もクルーメンバーの中に私を認め、涼しげな目を少し大きくさせてから、ブリーフィングを始めた。


搭乗ゲートからボーディングブリッジへ歩を進めていると、背後から「昨日も北条キャプテンと江上さん同じフライトだったんでしょ。今日もだなんてびっくりね」という声が聞こえた。

もうこんな話はうんざりだ。私だってびっくりだったし。

今日の私の担当はビジネスクラス。

ビジネスクラスを担当する彼女たちはとくに噂などを気にしていないか耳に入っていない様子で、普通に接してくれたのでやりやすかった。

透真さんが操縦桿を握る飛行機は、最終アプローチに入った。

「まもなくシンガポール・チャンギ国際空港に到着いたします。どうぞシートベルトをしっかりと締め、座席の背もたれをもとの位置に戻してください」

通路を歩き、乗客たちのシートベルトを再度確認したのち、ジャンプシートに座り着陸の準備を整えた。

機体は高度を徐々に下げ、まるで羽のようになめらかに降りていく。絹のように車輪がすべり込み、着地の衝撃はほとんど感じられなかった。


フライトクルーたちがバスに乗り込んだ。すでに深夜だ。

眠いが寝ないようにスマホでＳＮＳなどを見ていると、メッセージを着信した。

透真さんだ。

開いてみると【寝る前に話がある】とあった。

それを見て心臓がドクンと跳ねる。

【もうかなり遅い時間なので、帰国してからにしましょう】

そう打って送ると【だめだ。気がかりなことがある。後で君の部屋へ行く】と戻ってくる。

どうしよう……気がかりなことってなに……？　ちゃんと透真さんの顔を見られなかったことに気づいたのだろうか。

【わかりました。ホテルに到着後、ルームナンバーを送ります】

なにを言われるのか心配になって、不安な気持ちに駆られた。

市内の中心地オーチャードにあるＡＡＮ系列のホテルに到着した。

空港からここまで車で三十分ほどのところだが、滑走路に着陸したのが二十三時二十分だったので、現時刻は一時三十分を過ぎている。

明日の離陸は十時四十五分。七時三十分にホテルを出るので、ハードなフライトだ。

「おつかれさまでした」

透真さんへ顔を向けないまま、クルーたちとぞろぞろエレベーターで五階の部屋へ向かう。

パネルのランプは五階しかついていない。もしかしてクルー全員が同じフロアに……？

ここに透真さんと副操縦士はいない。

五階にエレベーターが到着すると、クルーたちは自分の部屋の番号を探して入っていく。

私の両隣には、チーフパーサーとほかのビジネスクラスで一緒だったクルーが入っていった。

とてもじゃないけど、透真さんがこの部屋に来るのは不可能だ。誰かに見られたりしたら困ることになる。

もしかしたら、話し声だって両隣に聞こえてしまうかもしれない。一流ホテルだからそんなことはないと思うが。

部屋に入ってすぐスマホをショルダーバッグから出して、透真さんに【両隣、前がクルーたちの部屋です。五階に集中しています。ここに透真さんが来るのは困るので、やはりお話は帰国してからでお願いします】と打って送った。

すぐに返事がくる。

【俺の部屋は1010だ。来てくれ。待ってる】

待ってるって……。

これから話をしたら、偽装結婚の解消が決定的なものになるはず。透真さんへの想いは心の中に留めておかなければならない。

【私服に着替えてからお伺いします】

メッセージを返信してから、キャリーケースを開けてハワイでも着ていたベージュのノースリーブのワンピースとラベンダー色のカーディガンに着替えた。

腕時計へ視線を落とすと、二時になろうとしている。

クルーたちはシャワーを浴びているか、朝にしてベッドに入る頃かもしれない。

私はこれから透真さんの部屋へ行く緊張感から、今はすっかり目が冴えてしまっている。バスに乗っているときはあんなに眠かったのに。

カードキーだけを持ってそっと部屋を出て、静かにドアを閉める。

万が一誰かに会っても、二十四時間開いているデリカショップに行くように見えればいい。

幸いなことにエレベーターホールでも誰にも会わず、やって来たエレベーターに乗り込んで十階を押す。

悪いことをしているみたいに心臓がドキドキ暴れている。

でもそのドキドキは透真さんに会って話をするせいもある。

エレベーターは十階に到着して、１０１０号室を探そうとしたとき、廊下に透真さんの姿を認めた。彼も私服に着替えている。

ひと言も口を聞かずに部屋の中へ招き入れられて、背後でドアが静かに閉まる。

次の瞬間、振り向かされて唇が塞がれた。

「んんっ……」

あまりに突然で驚き、彼のぼやける顔をあぜんとなって見ていると、しだいに濃厚なキスに変わっていく。

観覧車でキスしたときのように、体全体が彼を欲している。

壁に背中があたり、透真さんのキスに夢中になった。

甘い痺《しび》れが全身に走ったとき、理性が終わらせなければと命令して、透真さんの胸を押して離れる。

「どうして……」

「どうして？　わからないのか？　俺はいつでも七海にキスしたいと思っていた」

一緒に暮らし始めてから、透真さんはほかの女性とゆっくり過ごす時間を持てていなかったはず。生理的欲求で私にキスしたいと思っていたのだろう。

「それは……身近にいる女性が私だけだから……」

「違う。俺の気持ちを聞かせるから。ソファに座ろう」

透真さんの部屋は私の部屋よりも豪華で、三人掛けのソファがある。

俺の気持ちを聞かせる……？

困惑しながら手を引かれてソファに座らされ、透真さんも隣に腰を下ろすが、握られた手はそのままだ。

「噂のせいもあるだろうが、今日の七海の様子はおかしかった。たしかに仕事がしづらいと言っていたが、俺と一度も目を合わそうとしなかった。それはなぜなんだ？」

「……昼間話した通りです。偽装結婚をやめたいからです。由紀さんが遊びに来たら、自分のマンションに戻ります」

そう言いながらも、顔を上げられない。

「それが、俺と目を合わさなかった理由？　それじゃあ理由になっていない。七海、俺を見て」

顎に長い指が触れてそっと上を向かされる。

透真さんの漆黒の瞳に私が映っている。

「七海、愛している」

「え……？」

私の願望で聞き間違えたのか……でも、いつになく甘く見つめられている。

「愛している。七海は？　少なくとも俺を嫌いではないよな？」

透真さんは私を愛してくれている……。

「でもあの女性は」

「あの女性？」

「ウィーンのレストランで親しげに話をしていた女性です」

するとと、透真さんの頬が緩む。

「嫉妬？」

「すごく嫉妬しました」

次の瞬間、ギュッと抱きしめられる。

「彼女は以前勤めていたキャリアのＣＡで、夫はパイロットだ。たまたま会い、世間話をしただけだ。俺には七海しかいない」

じわじわとうれしさが胸に広がり、喜びと感動が一気に押し寄せ、視界がぼやけた。頬を伝う涙を透真さんは指で拭ってくれる。

「私も……透真さんを愛しています。好意を持つようになったのは、ハワイのドライブからでした。それまでは率直にずばずば指摘する透真さんが苦手だと思っていたんです」

「育ったのがアメリカだからな。自分の意見を押し出さなければやっていけない環境だったから」

私は誤解してほしくなくて首を左右に振った。

「わかっています。透真さんの指摘すべてが的を射ていたから、今思えば悔しかったんです」

「君は真面目ちゃんで優等生なタイプだからな。わかるよ。ただ俺は七海の仕事に対する向き合い方を好ましく思っていたし、リスペクトしていたから、君が困っていたら助けたいと思っていた」

透真さんはそう言って笑みを浮かべてから再び口を開く。

「後輩思いなのに生真面目で不器用ゆえ伝わっていないとわかる。それでも〝一緒に働く以上は家族みたいなもの〟とまっすぐに語る様子に好感を持った。オアフでドライブしたとき、どんな景色も食べ物も、常に乗客への情報としてストックしておこうと熱心に写真を撮る様子に感心したよ」

そんなふうに思ってくれていたなんて……。

「今日……自分から偽装結婚をやめたいと話したのは、ウィーンから帰国してデブリーフィングが終わった後に、透真さんと真木副操縦士の会話を聞いてしまったからなんです。それを聞いたら、私は好きになってもらえないのだと絶望したんです」

「……俺がそんなこと言ったか？」

話の成り行きだったのだろうか、彼は不思議そうに私を見る。

「本当に愛している人じゃなければ、結婚しようと思わないと……。由紀さんとのことがあったから、透真さんは簡単に人を愛さないのかなって……。それで、もっともっと愛してしまう前に離れなければと思ったんです……」

「たしかに、実母のこともあって結婚はしないと考えていた。だが君に出会って、パーティーにひとりで出席してもかまわなかったのに七海に恋人のフリを頼み、両親たちを安心させたいと、心にも思っていないのに、偽装結婚を持ちかけたんだ。それは君に近づきたかったからだよ」

「透真さん……。でも、偽装結婚をやめなければと言ったじゃないですか」

「俺がそう口にしたのは、本物の結婚にしたいからだ。七海、結婚してほしい」

「本当に……？」

こんな展開になるなんて、夢を見ているようだ。

「俺が愛している女は君しかいない。七海が俺をどう思っているのか心配で、気が気でなかったよ」

「透真さんっ！」

彼への想いがあふれ、首に腕を回して抱きつくと、背中に透真さんの手が置かれた。

再び唇が重なり、貪欲にお互いの舌を追い求め絡める。

呼吸が苦しくなるほど濃密な口づけに、頭がクラクラしてくる。

「も、もう部屋に戻らなければ」

「七海、君が欲しいが、ここで抱くわけにはいかない。仕事絡みのホテルだからな」

「はい。それはしてはだめです」

透真さんは麗しい笑みを浮かべ、私の髪を何回かなでる。

「さすが優等生」

「もう三時です。すぐにでも眠らなければ明日に、もう今日ですね。差《さ》し支《つか》えます」

「ああ。送るよ」

透真さんはソファから立ち、私に手を差し出す。

「それはだめです。万が一こんな夜更けにふたりでいるところを見られたら、またひどい噂を流されます」

彼の手を握って立たされる。

「噂じゃなくて事実だが。ひとりで部屋に戻すのは心配だ」

「部屋に着いたらメッセージを送ります」

「……わかった」

ふたりでドアまで歩を進めた。

「おやすみなさい」

「おやすみ」

軽いハグとキスをしてから、部屋を後にした。

シーンと静まり返る廊下を進み、エレベーターに乗って五階まで下りて自分の部屋へと戻った。

誰にも会わなかったが、心臓が早鐘を打っている。

ベッドの上に置いたスマホを手にして【部屋に着きました。おやすみなさい】とメッセージを送ると、すぐ【おやすみ】と返ってきた。

透真さんが私を愛してくれていたなんて……。うれしさが込み上げてくる。

今はまだ眠れそうになく、シャワーを浴びることにした。


寝不足なのにスッキリした気分で、七時二十分にロビーへ下りる。朝食はバスの中でサンドイッチとコーヒーが出るので、食べに出る時間が省ける。

「おはようございます」

まだふたりしかクルーはいない。眠ったのも遅かったから、今回の時間帯のフライトは疲れる。

「おはようございます」

それからクルーが集まってきて、透真さんも姿を見せた。

「おはよう」

彼がみんなに向かって挨拶をしているところへ、副操縦士と残りのＣＡふたりが現れた。

揃ったところで、バスに乗り込んだ。


透真さんが操縦桿を握り羽田空港へ向かう飛行機は、定刻より十分遅れでチャンギ国際空港を離陸した。

チャンギ国際空港はハブ空港だけあって、かなりの飛行機が飛び交っている。

透真さんの技術ならフライト中に、十分の遅れは取り戻すはず。

今日はエコノミークラスの担当になったが、深山さんが一緒でミールサービスや機内販売のパートナーだ。彼女は仕事の手前、私に対してつんけんもできないのか、表面上は笑顔で接している。

現在は台湾の近くを飛行しており、乗客たちは映画を観たり、音楽を聞いたりとゆったりとした時間を過ごしている中、私たちはときどき巡回する。

ギャレーで二回目のミールサービスの用意をしているとき、深山さんが慌てた様子で駆け寄ってきた。

「江上さん、大変です！　六十代の女性のお客様が突然胸を押さえて意識を失いました！」

「深山さん、案内をお願い。あなたは機内にお医者様がいらっしゃるか確認して」

そばにいた後輩ＣＡに指示した。

彼女は急いで機内アナウンスを行い、医療の専門家がいないかを確認する。

その間に、深山さんの案内で意識を失った女性のもとへ駆け寄り、彼女の容態を確認する。

「和子《かずこ》、和子！」

心配そうに名前を呼ぶ男性は彼女の夫だという。

脈拍を測り、呼吸の有無を確認する。

「和子様、聞こえますか？」

何度か繰り返すも反応がない。

女性の状態が深刻であることを察し、すぐに後方の空いているスペースに移動させることを決めた。

ほかの乗客たちの協力を得て、女性を慎重に後方のスペースへ運ぶ。

チーフパーサーもやって来てご主人に尋ねる。

「持病や病歴はありますか？」

「家内は心臓に不整脈があって」

ふたりの話を聞きながら和子様の呼吸を確かめるが感じられず、胸に両手を置いて心臓マッサージを始める。

「そこにカーテンを。ＡＥＤを持ってきて！　お医者様は!?」

「江上さん、お医者様はいません！」

二十四時間医療相談ができるホットラインにつなげるように深山さんに頼むと、すぐにＡＥＤの処置をするようにとのことだ。

「ハンドセットをちょうだい」

後輩ＣＡがハンドセットを私の耳に装着させる。

「北条キャプテン、江上です」

「聞いている。管制塔に連絡済みだ。どんな状態だ？」

意識がないことを話しながら、届けられたＡＥＤを開ける。

「今からＡＥＤを。でも実践は……」

人の体にするのはとても怖い。

「七海、君ならできる。早く」

「はい！」

落ち着くのよ。

意識のない女性に「和子様、失礼します」と言ってから、ＡＥＤのパッドを女性の胸に貼りつけ、機器の指示に従って処置を開始した。

「ショックを与えます。皆さん、離れてください」

周囲に呼びかけ、ＡＥＤのボタンを押した。

機器が作動し、女性の体が一瞬跳ね上がる。ＡＥＤの案内通りに再び脈拍と呼吸を確認し、和子さんの状態が改善するのを祈りながら処置を続けた。

「和子様、目を覚ましてください」

その間、後輩は機内アナウンスで医療の専門家がいないかを再度確認し、ほかのクルーたちも協力して状況を見守っていた。

息をのむ時間だったが、女性の意識が徐々に戻り始め、愁眉を開き肩の力が抜ける。

「和子！　和子！」

ご主人の呼びかけに和子さんの手がぴくっと動く。

「どこか痛いところはありますか？」

優しく声をかけると、女性は微かに首を横に振り、周りのクルーたちも安堵のため息を漏らした。

「江上さん、よくやった。緊急着陸で那覇《なは》空港に寄る」

ハンドセットから透真さんの穏やかな声が聞こえてくる。

「わかりました」

その場にいるチーフパーサーに、機長の言葉を伝える。

すると、透真さんの機内アナウンスが始まる。

「皆様にお知らせいたします。現在、体調を崩されたお客様のために、沖縄那覇空港に緊急着陸することになりました。お急ぎのところ申し訳ございませんが、ご理解とご協力をお願い申し上げます。なお、羽田空港には三十分遅れで到着する予定です」

一瞬乗客がざわめいたが、三十分遅れだとアナウンスがあると静まった。

二十分後、飛行機は静かに那覇空港の滑走路に着陸した。

機体は指定されたゲートに向かい、救急車が待機している位置へと移動する。

クルーたちと連携を取り、乗客たちが立たないようにアナウンスなどをして迅速に対応する。

救急隊員たちがチーフパーサーに誘導されながら機内に乗り込んできて、患者のもとへやって来る。

私がＡＥＤを使用したことと容態を伝えているうちに、和子様は担架に移動させられ機内を出ていく。

ご主人は私たちにお礼を告げ、機内を出るときに乗客たちへ頭を下げた。

無事に救急隊員に和子さんを預けることができて、ホッと安堵した。

羽田空港には透真さんがアナウンスした通り、三十分の遅れで到着した。

乗客に迷惑をかけたことへの謝意のアナウンスをし、どこからともなく拍手が聞こえ、しだいに大きな拍手になった。

和子様のご主人へ伝えよう。迷惑をかけたことを心配されていたから。

「またのご利用お待ちしております」

「本日はありがとうございました」

降機する乗客を見送り、いつものように座席を見回る。それが終わった頃、コックピットから透真さんと副操縦士が現れて、全員で機体を後にした。

オフィスに戻り、デブリーフィングで搭乗客の急病の件を共有し、私が後で報告書を提出することに。

「無事にお客様のお命を救うことができて、大変よかったです。江上さん、ありがとうございました。あなたのようにテキパキ動けるのは日頃の訓練の賜物ですね」

チーフパーサーから感謝の言葉を告げられ、クルー全員が拍手をする。

「いち早く知らせてくれた深山さんのおかげです。少しでも遅ければどうなったことか。そして皆さんの連携が素晴らしかったのがよかったのだと思います。ありがとうございました」

あらためて皆にお礼を告げ、解散になった。

更衣室へ向かい着替えを済ませてから廊下に出る。

「江上さん」

まだ制服のままの深山さんが私を呼び止めた。廊下で待っていたように見える。

「深山さん、おつかれさま」

「おつかれさまです」

なにを言われるのだろうかと身構えていたのに穏やかな雰囲気で、一瞬言葉を失う。

「今まで申し訳ありませんでした」

深山さんが頭を深く下げる。

「え……？」

「江上さんが正しいとわかっていたんです。でも、素直になれませんでした。自分のせいで、江上さんのせいじゃないのに、八つあたりするようにひどいことを……。江上さんはそれでも真摯に向き合ってくれていたのに。本当に申し訳ありませんでした。勝手ですが、これからもよろしくお願いします」

深山さんの言葉がうれしくて瞳が潤みそうだ。

「江上さんは尊敬できる先輩です」

「ううん。いいの。これからもよろしくお願いします」

わかってくれたのなら、それでいい。

ひたむきに向き合っていてよかった……。

「それで、あの……松本さんが、江上さんは既婚を理由にお客様に嘘をついたとあちこちで話を……」

「あ、ええ。わかってる。じゃあ、おつかれさま」

深山さんから離れてオフィスへ入る。

お客様を傷つけないように言ったのに、それを逆手に取られるなんてね……。

ため息を漏らしスマホを見ると、透真さんからメッセージが入っていた。

【車にいる】

【これから行きます】と返信してキャリーケースを手にオフィスを出た。

今日は信じられないくらいのいい日だった。

透真さんと心を通わせ最高の時を過ごせたし、搭乗客を助けられ、深山さんが素直になってくれた。

パーキングで黒のSUV車を探すまでもなく、外で透真さんが待っていた。

「おつかれさまです」

「七海こそ、つかれただろう」

彼は助手席のドアを開けて私を座らせると、キャリーケースを引き取ってくれて後部座席の足もとに置き、運転席へ戻ってくる。

「家へ帰ろう」

「はいっ」

家へ帰ろう……うれしい言葉だ。

「少しの時間だが、寝ててもいいからな。寝不足だろう」

黒のSUV車はゆっくりとパーキングを出庫する。時刻は二十一時を回っていた。

「帰るまで大丈夫です」

「それだと俺が困る。元気でいてもらわないとな。今夜はどれだけ愛しているかわかってもらいたい」

それって……。

急に透真さんを意識しだしてしまい、鼓動がドクンドクンと脈打つ。

「……寝ていないのは、透真さんも同じじゃないですか。ものすごく体力があるんですね」

「やっと七海を俺のものにできるんだから、眠気や疲れなんて吹き飛んでいるさ」

「お、俺のもの……。わ……私も透真さんに愛されたいです」

そう言ってから恥ずかしくなって、深山さんの件を思い出して話を変える。

「さっき、深山さんから今までのことを謝られて。尊敬できる先輩だと言ってくれたんです」

「よかったな。たしかに七海の仕事に向ける姿勢を見ていたら、いずれはそうなると思っていた」

赤信号になり運転する彼へ顔を向けると、透真さんもこちらを見て笑みを深める。

「今日はジェットコースターに乗っているみたいに大変でしたが、とても素敵な一日でした」

「俺もだよ。あ、さっき沖縄の病院から連絡があり、二、三日の入院で東京に戻れると言っていた。こちらへ戻ってから手術をするらしい」

「手術が無事済んで、元気にまた搭乗してほしいですね」

「ああ」

透真さんはマンションの地下駐車場のスロープを下っていき、自分のスペースに慣れたハンドルさばきで車を止めた。


玄関のドアを開けて中へ入って、リビングルームへ歩を進める私を透真さんは引き寄せて抱きしめる。

それから軽く唇に触れて、腕が離される。

「まずは夕食を食べよう」

「なにか作りますね」

「いや、もう頼んだものが届いている」

「え？」

ダイニングテーブルへ近づくと、厳重にラップされた飯台に入ったお寿司が二人前置かれていた。

「お寿司が！　いつ頼んだのですか？　それにここにあるなんて……」

「デブリーフィングが終わった後だ。コンシェルジュが運んでくれる」

「なんて便利なのでしょう」

「手を洗って食べよう」

透真さんに促されパウダールームへ行き、手洗いを済ませるとダイニングテーブルへ戻った。


透真さんと一緒にお風呂に入っているこの状況は、昨日までは考えられなかったことだ。

私が好きなプルメリアの香りがバスルームに漂っている。

背後から抱え込まれるようにしてバスタブに入り、透真さんの唇が首筋や耳たぶに触れ、長い指は胸の膨らみや頂《いただき》をもてあそんでいる。

「んっ……ぁ……だ、だめです」

このまま愛撫をされていたら、この場で疼《うず》く体を鎮めてほしくなる。

「これなら？」

いとも簡単に私の向きは変えられ、彼の太ももの辺りに座らされる。

「もう……ベッドに……」

二十八にもなって、経験した回数は少ないが、透真さんといると淫らな気分になるし、存分に甘えたくなる。

透真さんは喉の奥で笑い「おおせのままに」と言って唇にキスを落としてから、私ごと立ち上がった。


大判のタオルで体を包み込まれ、透真さんもタオルでサッと拭くたびに動く筋肉が美しい。

透真さんの体は綺麗に筋肉がつき、腹部は割れて引きしまっている。ゴリゴリのマッチョというわけではなく、うっとりするくらい素敵なスタイルだった。

抱き上げられて透真さんの部屋に連れていかれ、キングサイズのベッドにそっと寝かされる。

「ようやく七海は俺のものだ」

「ようやく？　私はだいぶ前から透真さんしか見えていなかったのに」

「七海の気持ちがわからなかったからな。ファーストクラスの男も手紙を書くくらいだ。内心焦った」

「手紙を受け取ったデブリーフィングのとき、まったく無関心に見えたのに……？」

透真さんは自嘲気味に笑みを漏らす。

「冷静さを必死に保っていたんだ。七海、愛している」

「……私も、愛してる」

内心焦っていたのに、表情に出さないなんて透真さんらしい。彼の気持ちを知れてうれしい。

組み敷かれバスタオルが外され、唇が塞がれる。

上唇と下唇を交互に食み、私の反応を確かめるようなキスをし、手はすでに主張しているかのように尖《とが》りを見せる胸の頂をもてあそぶ。

「あん……っ」

頂が熱い舌でなめられると、思わず声が出てしまう。

「かわいい声で啼《な》くんだな」

「か、からかわないで」

「文句を言うとは、まだ余裕だな。覚悟して」

笑いながらそう言った透真さんは私の体にあますところなく触れていき、全身が溶けてしまいそうなほどの快楽に腰が揺れる。

深くつながったそこは痺れ、今まで感じたことのない快感に襲われ、何度も何度も高みがやってくる。

全身が熱く、どうにかなりそうなほどの激情にのみ込まれた。


目を覚ますと太陽が真上に上がっていて、ハッとなる。

隣に透真さんの姿はない。

上体を起こして昨晩のことを思い出す。

「私……」

今までのセックスがなんだったのだろうと思うくらい、心と体がつながった時間だった。

でも、その後を覚えていない……。

「あれ？　え？　指輪が！」

ほんの少し違和感を覚えて左手を顔の前へ持ってくると、直径一センチくらいの四カラットはありそうな大きなダイヤモンドが鎮座しているリングがはめられていた。

これって……エンゲージリング……？

そこへドアが開いて、白のTシャツとライトブルーのスラックス姿の透真さんが現れた。

「透真さん、これ……」

「エンゲージリングだ。サイズはピッタリだな。眠り姫は、王子のキスで目を覚ますんじゃやなかったのか？」

「起きちゃいました、王子様はひと足遅かったですね。大きなダイヤモンドにびっくりしていたところです」

私のために以前から考えて用意してあったんだと思うと、喜びが込み上げてくる。

透真さんは笑いながらベッドの端に腰を掛けて、私の唇に軽くキスを落とす。

「おはよう。泥のように眠っていたから心配になったよ」

「昨晩のことあまり覚えていなくて……」

「なんだって？　俺と七海が愛でつながったのも？」

透真さんはわざと芝居がかったように言う。

「そ、そんな露骨に……それは覚えています。事後が……」

「顔が赤くなった。かわいすぎるな」

もう一度唇を重ねる。海外育ちのせいなのか、キスのタイミングが絶妙で、ドキドキしてくる。

「疲れていたんだ。それに俺が輪をかけて無理をさせたから」

「もうお昼過ぎですよね？」

「ああ。ここにいると七海を襲って一日中ベッドから出さない自信があるから、その前にランチを食べに行こうか」

「はい。シャワーを浴びてすぐに用意します」

透真さんが部屋から出ると、足もとに丸まっていたバスタオルを体に巻きつけてバスルームへと歩を進めた。


車で十分ほどのところにある五つ星ホテルの一階のレストランでガレットのランチを堪能し、食事後、銀座《ぎんざ》へ向かった。

駐車場に車を止めて足を運んだ先は、宝飾の最高峰と言われている宝石店だ。

「ここに……？」

「ああ。マリッジリングを買いたい」

もしかして今はめているエンゲージリングもここの……？

ハイブランドの指輪が信じられないくらい高いのは知っている。

「乗務中でもマリッジリングはつけていてほしい。七海が乗客に誘われないように予防線を張らないと気が済まない」

透真さんが入口に立っている黒服の男性に名前を告げると、すぐに店内へと案内された。

個室に移動すると、透真さんがあらかじめ見たいリングを伝えていたようで、マリッジリングが十種類ほどセンターテーブルに用意されている。

ふたりで選び、流れるようなラインが特徴のウェーブのあるリングにひと粒のダイヤモンドが埋め込まれている指輪に決まった。

ダイヤモンドが出っ張っていたり、いくつも連なっていたりしている華美なものは会社では認められていないが、これなら問題ないと透真さんが前もって確認してくれていた。

透真さんのマリッジリングにダイヤモンドはないが、流れるようなウェーブのあるリングは同じで、長くスラリとした指にはめてみるとしっくり似合っていた。

その後、銀座の街を歩き気になる店へ入ったり、デパートでリネン類を選んだりと、楽しい時間を過ごした。

　夕食はおいしい点心が食べられるレストランへ行った。

　熱々の点心の数々が運ばれてくる間、ジャスミンティーで喉を潤す。

「日本でこうして一緒に過ごすのは初めてですね」

「考えてみたら初めてだな。こういうデートも悪くない」

「悪くない？　それだけですか？」

　私はとても楽しかったのに、透真さんの言葉に引っかかって少し拗《す》ねたように言ってみると、彼は麗しい笑みを浮かべる。

「いや、最高だった」

「本当に……？」

「ああ。日頃の忙しさが嘘みたいにゆったりした時間だったよ」

「ふふっ、よかった。でもまたふたりの休日が合うのは当分先ですね」

　シンガポール便の乗務があったので、明日もふたりとも休みだが。

「七海は知らなかった？　結婚後夫婦は同じフライトクルーになれるんだ。希望があった場合だが」

「本当ですか？　知らなかったです」

「スケジュールがすれ違うのを避けるためにな。数年前に改定したらしい」

「それならずっと透真さんが操縦桿を握るフライトになるんですね」

それって最高じゃない。

顔を綻ばせると、透真さんもうなずきながら笑う。

「あ！　両親に話さないと」

自分の実家の話をしていると、海老《えび》餃子などオーダーした料理が運ばれてくる。

「新潟空港から実家は車でどのくらいなんだ？」

「四十分くらいです」

「それなら日帰りでも大丈夫だな」

「たしかに可能です」

「明日挨拶に伺いたいからと、都合を聞いてくれないか？」

明日は土曜日だから、市役所に勤めている父は休みのはず。

来月はシフトがもう出ているので変更できないが、結婚後すぐ会社に届出を出せればば九月から同じシフトになるそうなので、バラバラの生活を送りたくなければ早く両親に透真さんを紹介しなければならない。

「わかりました。お店を出たら聞いてみますね」

「ああ。頼む」

おいしい点心を食べ終わってレストランの外に出ると、車を止めた駐車場へ向かいながら、実家へ電話をかける。

《はい。江上です》

「もしもし？　お母さん、七海」

《こんな時間に珍しいわね》

あまり電話をかけないので、母は驚いた声だ。

「うん。明日なんだけどお父さんもお母さんもいるかな？　昼間」

《いるわよ。どうしたの？　あらたまっちゃって」

「結婚したい彼と挨拶に行こうと思って。急なんだけど、スケジュールを考えると明日しかなくて」

すると、電話の向こうの母が絶句しているのか、シーンと静まり返ってから、大きな声で近くにいる父に「あなた！　七海が彼と結婚の挨拶に来たいって！」と聞こえてきた。

《もー、急すぎるわよ。でもぜひ連れてきて。やっと結婚する気になったのはうれしいわ。お付き合いしている人がいたのなら、緑川さんにだってすぐに断ったのに。泊

まっていけないの？》

「うん。明後日は仕事だから」

《そうなの。じゃあ、お昼を食べていきなさいね》

《わかったわ。じゃあ明日、たぶんお昼前に行けると思う」

通話終了をタップしてから、隣を歩く透真さんへにっこり笑みを向ける。

「喜んでくれたみたい。結婚をしないのか、電話をするたびに言われていたので。これが終わったら、由紀さんを招かないとですね」

「……本当のところ、実母を家に呼ぶつもりはないんだ」

すっかり呼ぶものと思っていたので、驚いて立ち止まる。数歩先に進んでいた透真さんが振り返る。

「七海？」

「どうしてなんですか？　呼ぶって……」

「俺は実母を母とは思っていない。七海も義理の母はＬＡの母だと思ってくれ。また由紀さんから電話があったら、俺から電話すると伝えてほしい。ほら、行こう」

差し出された手を再び握ると、透真さんは歩き始めた。

透真さんの心にはやはり実母との強いわだかまりがあるのね……。

翌朝、透真さんの車で羽田空港に向かい、国内線ターミナルから新潟空港行きのフライトに乗った。飛行時間は約一時間十五分。

新潟空港に到着したのは十時十分で、それからレンタカーを借りて実家へ向かった。

道中、海沿いの美しい風景を楽しみ、他愛ない会話をしながらも少し緊張している。

恋人を両親に紹介するなんて、どんな顔をすればいいのかわからない。

透真さんは普段通りの様子で運転している。

約四十分のドライブの後、実家に到着した。

実家は去年二世帯住宅を建てたばかりで、二階に弟夫婦が住んでいる。

玄関で待っていた両親と弟夫婦に出迎えられ、温かい歓迎の言葉を受けた。

弟が日葵ちゃんを抱いている。姪をすぐにでも抱っこしたいが、今は透真さんを紹介することに集中だ。

「まあまあ、なんて素敵な方なの。どうぞ、狭苦しいところですが、お入りください」

母は満面の笑みで、室内へ誘導する。

「失礼します」

十二畳の和室に通され、温かいお茶が振る舞われた。

「あらためてご挨拶させてください。本日はお時間をいただきありがとうございます。

北条透真と申します。職業はＡＡＮのパイロットをしています。七海さんとの結婚についてお許しをいただきたく、この場に参りました」

透真さんの真剣な眼差しと誠実な言葉に、両親は静かにうなずき、父がゆっくりと口を開く。

「北条さん、我が家に来てくださってありがとうございます。七海の顔がずっと笑顔で、幸せにしてくださっていると感じました。七海を大切に想ってくださるその気持ち、本当にうれしく思います」

「お若いのに機長さんだと聞きました。結婚できないと思っていたのに、こんな素敵な方と結婚だなんて、驚きました。北条さん、どうか七海をよろしくお願いします」

母は結婚相手に興味津々で、昨晩、どうしてもどんな人なのか知りたかったようでメッセージを送ってきたのだ。なので、名前とＡＡＮのキャプテンでかっこよくてとても素敵な人だと教えた。

「必ず七海さんを幸せにします」

透真さんは家族を安心させるようにビシッと約束してくれる。

弟夫婦も透真さんを気に入った様子で、「透真さん、姉ちゃんをよろしくお願いします」と挨拶していた。

透真さんを紹介することができて緊張の糸が緩み、母とお嫁さんが豪華な料理を用意してくれている間、透真さんと一緒に日葵ちゃんと遊んだ。

あとは区役所へ行って婚姻届を提出するだけなのだが、新潟へ行った休み以降、透真さんとスケジュールが合わず、八月になってすれ違いの日々が続いた。

それに輪をかけてもうすぐお盆期間の繁忙期がやってくる。例年通り変わらずほぼ満席のフライトのようだ。


おでこにそっと唇があてられる感覚がして目を覚ました。

「すまない。起こした」

透真さんは出かける支度を済ませていてベッドの端に腰を掛けており、私は上体を起こす。

「ううん。ごめんなさい。起きられなくて。もう行くんですね」

「ああ。朝食をありがとう」

彼は今日十時発のグアムのフライトで、私はハワイ便の乗務で夜の出発だ。起きられなかったのは、機材調整が入って二時間以上ディレイし、帰宅が〇時を回っていたせいだ。

それから透真さんの朝食を準備して寝たので、まだ四時間くらいしか寝ていない。

「昨日お話しした通り、区役所へ行って婚姻届を提出してきますね」

今日は八月第二週の水曜日。なかなか一緒に行ける日がなく、このままでは九月のスケジュールもすれ違いが決定してしまう。ふたりで婚姻届を提出したかったが、私が行くことになったのだ。

「よろしく頼むよ」

「はいっ。気をつけていってらっしゃい」

「七海も」

笑みを浮かべた端整な顔が傾き、唇が重ねられた。

半袖のセットアップでマンションのエントランスを出ると、じりじりと肌を焼くような暑さに早くも汗が滲み出そうだ。

今日は夜便だから時間には余裕がある。

はぁ〜ドキドキする。

ひとりで区役所へ行って婚姻届を提出するのは緊張する。

なにか書類に不備があって受理されないかもしれないないなどと、ネガティブなことをつい考えてしまいながら向かった。

ひんやり冷房の効いた区役所に足を踏み入れ、数人待ってから婚姻届を職員に渡す。

無事に受理されたが、あっけなさすぎて私が戸籍上の透真さんの妻になった実感がない。

これから私のマンションの部屋へ行き、三時間ほど片づけてから帰宅してショーアップする予定だ。

今夜のフライトクルーには茜もいて、ハワイに着いたら私と透真さんのことを告白しようと考えている。

透真さんのマンションへ戻って少しして、電話が鳴った。

もしかして……。

画面を見ると予感はあたり、由紀さんだった。

受話器を取って電話に出る。

《よかったわ。いらっしゃったのね。透真さんは？》

「今朝のフライトで」

《七海さんはお休みなの？》

「いいえ。夜のフライトなんです。あの、お話があるのですが」
《お話が？　私はいつでもいいわよ》
「では、明後日十六時四十五分にハワイから戻ってくるのですが、それからお会いできますでしょうか？」
透真さんはその日からパリのフライトで、留守になるので急いで帰宅しなければならないわけでもない。
《もちろんよ。私がそちらまで行くわ》
「申し訳ありません。空港のカフェでよろしいでしょうか？　もしかしたら定刻通りに到着しなかった場合は会えないかもしれないのですが」
《ええ。いいわ。七海さんと会えるだけでうれしいもの。万が一の場合は後日にしましょう》
そう約束して電話が切れた。

ホノルルは今日も気持ちいい気候だ。
カラカウア通りから一本入ったところにお気に入りのレストランがあって、今日は茜とそこにやって来た。

テラス席でオーダーを済ませ、先に運ばれてきた氷たっぷりのグアバジュースをひと口飲んでから切り出す。

「茜、あのね」

「どうしたの？　あらたまって」

そう聞いた彼女はアイスコーヒーを飲む。

「隠し事はしたくなかったんだけど、じつは……」

透真さんに偽装結婚を頼まれたことから、しだいに愛し始め、結婚したことを話す。

「びっくりした……電撃婚ね。ウィーンでいい雰囲気だなとは思ったけど、まさかそんなに早く結婚するなんて。七海が北条キャプテンの奥様かぁ〜」

「今まで話せなくてかなり罪悪感に襲われてたの。本当にごめんなさい。私の話はこれで終わり。茜は真木副操縦士とはどう？」

「うん。順調よ。でも七海の言う通りで、すれ違いばかり。そっか、結婚すれば同じフライトにしてもらうよう考慮されるのね。それと、黙っていたのは仕方ないから気にしないでいいからね」

「ありがとう」

そこへチーズがかかったナチョスとガーリックシュリンプが運ばれてきて、おいしそうな匂いに食欲をそそられる。

「七海、食べよう、食べよう」

「いただきます」

ナチョスをつまんで口に入れた。


ホノルルからの帰国は三十分遅れで羽田空港に到着した。

由紀さんを待たせてしまっていることが気になって、デブリーフィングが終わると急いで由紀さんのスマホに【お待たせしてしまい申し訳ありません。着替えてから向かいます】と送る。

更衣室で私服に着替え終えてから、小さなアクセサリーケースを出して、マリッジリングを取り出すと左の薬指にはめた。

更衣室を出たところで、松本さんとばったり会った。

「急いでいるみたいね？」

「ええ。じゃあ、失礼するわ」

「ちょっと待って。左手の薬指にリング？　右手にするもんじゃない？　マリッジリングをはめていれば、皆が信じるとでも？」

言い返したいのをぐっとこらえる。由紀さんを待たせていて急いでいるからだ。

「おつかれさま」

それだけ言って松本さんから離れようとしたとき、「七海さん！」と明るい声が聞こえた。

声のした方を見ると、由紀さんが品のいい年配の女性と一緒に立っていた。

どうしてここに……？

オフィスにはＩＤカードがなければ入館できない。

「桜宮さん、話していたうちの嫁ですよ。容姿端麗でしょう。あら、こちらは？」

桜宮……？

松本さんは泡を食ったような表情で「嫁……？」とつぶやく。

この機会を利用しない手はなく、私は松本さんに向かって「ええ。透真さん……北条キャプテンのお母様よ」と言うと、彼女は卒倒しそうなくらい顔が青ざめる。

それからなにも言わずに更衣室へ入っていった。

「ご友人は大丈夫？」

「たぶん……それよりも由紀さん、どうしてここに？」

「社長の奥様のおかげなのよ。数年前にパーティーで知り合ってから、私たち友人同士なの。今日、あなたと待ち合わせしていることを話したら、フライト時刻が変更になるかもしれないから、ここに案内すると言ってくれて」

桜宮キャプテンはわが社の御曹司。この女性はお母様だったのね。由紀さんが友人だったなんて本当にびっくりだ。

「はじめまして。客室乗務員をしております北条七海です。桜宮キャプテンにもお世話になっております」

桜宮キャプテンのお母様は朗らかな笑みを浮かべ、上品に挨拶をしてくれる。

「陽子《ようこ》さん、今日はありがとう。今度ごちそうさせてね」

「ええ。由紀さん、またね。七海さん、ご家庭とお仕事で大変だと思うけどがんばってくださいね」

桜宮キャプテンのお母様は私たちから去っていった。

「七海さん、おつかれさまね。カフェへ行きましょうか」

「はい」

オフィスでキャリーケースを引き取ってから、由紀さんとともに国際線ターミナルの到着ロビーへ向かい、カフェに入った。

「おなかが空いたんじゃなくて？　なにか頼みましょう」

「はい」

アイスカフェオレとクロックムッシュをオーダーする。由紀さんも同じメニューだ。

「会えてうれしいわ。パーティーでは主人がごめんなさいね。大声でボーイさんを叱責していたから、怖かったでしょう」

「びっくりしただけです。率直な方だと拝見しました」

「ええ。そうね。ところでお話ってなにかしら……？」

「はい……余計なことかもしれないのですが、由紀さんからお話を聞きたくて……。透真さんとのご関係は知っています」

「もちろんそうよね。パーティーで実母と育ての親がいましたしね。他人行儀だから今も許してくれていないのだと思っているわ」

由紀さんはそう言って寂しそうに小さく笑う。

「彼は妹さんご夫婦に育てられてよかったのだと思っていますが、実の母に捨てられた……言葉が悪くてすみません。そう思っているせいか、心にまだ傷があるみたいで」

「そう……そうよね。なぜロサンゼルスへ行かなくてはならないのか、ひどく反抗をしたの。でもあの頃の私はひとりで透真さんに充分な教育を受けさせてあげられないと考えたの。父親がパイロットだったから、彼の夢はずっとパイロットで……」

「それも透真さんはわかっていると思います。でも、私は彼にわだかまりをなくしてほしいんです」

私は彼の心の傷を治してあげたい。

「透真さんは素敵な女性と巡り会えたのね。妹から彼の結婚観を聞いていたの。私のせいで結婚はしないと聞いて。でもね、今の主人と結婚したとき、透真さんを引き取りたいと妹夫婦に申し出たのよ」

「え……？」

「その様子だと、透真さんももしかしたら知らないかもしれないわね。妹たちは透真さんを新しい環境に慣れさせたい一心だったし、子どものいないふたりは透真さんをとてもかわいがってくれていたから、断られたの」

「そうだったんですね」

そのことを知っていたら、実母とのわだかまりもなかったかもしれない。妹夫婦と由紀さんの双方の気持ちがグッと入ってきて胸に痛みを覚えた。

「そんなつらそうな顔をしないで。私は透真さんが立派な教育を受けて今が幸せならいいの。彼を手放す決心をしたのは自分自身だから。妹からは常に透真さんの成長している写真が送られてきて、いつも見守れていたし」

その光景が浮かんで、目頭が熱くなる。

「でも……透真さんの気持ちが穏やかでないのなら、私はもう会わない方がいいのかもしれない。素敵な女性と結婚したことで、これからの透真さんの人生は素晴らしいものになるはずだから」

「そんな！　そんなことを言ってはだめです。今の彼があるのは由紀さんの決断のおかげなんです。食事が終わったら、家に来てもらえますか？　彼は素敵な家に住んでいるんです。案内させてください」

透真さんは家に呼ぶつもりはないと言っていたが、彼の努力もあるけれど、来てもらったらパイロットになって成功した人生を歩んでいるのがわかる。

その後、由紀さんの車で自宅を案内し、素敵な家に由紀さんは涙を流して喜んでくれた。

その姿を見て、妹さんである智子さんにも話を聞いてから透真さんに事実を伝えなければと心に決めた。

その夜、ＬＡ時間九時になるのを待って、義父母宅に電話をかけた。

透真さんの心の傷はふたりともわかっていた。だからこそ、愛する人と巡り会って結婚できたことをとても喜んでいると言う。

私は由紀さんと透真さんの心の傷の件で話をしたと伝え、由紀さんが再婚したときに透真さんを引き取りたいと願い出たのは本当か尋ねた。

その話は事実だった。由紀さんの言う通り、子どものいないふたりは透真さんを手放せなかったのだ。

彼は実母が再婚するにあたり自分が邪魔になり捨てられたと思っている。そこをちゃんと話して誤解を解きたい。彼ならわかってくれるはず。

智子さんは私から話をしてもかまわない、彼が確認をしたいのなら自分たちは正直に話し、透真さんに謝らなければならないと言った。

「透真さんはおふたりに育ててもらってとても感謝しているはずです」

十二歳の頃の透真さんを想像して、電話を切るときには頬に涙が伝わっていた。

透真さんと会えたのは二日後のことで、彼はパリから、私はソウルから帰国して遅い時間になってしまったけれど、ご両親たちの話をしようと思っていた。

明日のフライトは、透真さんは休みで、私は夕方ショーアップする。

作り置きしていたカレーライスを食べ終え、ソファに移動して久しぶりにふたりでくつろぐ時間を楽しむ。

並んで座る透真さんの指が私の髪をゆっくり梳いている。

彼の左手の薬指にもマリッジリングがはめられていて、会社にも結婚の届出を提出したので、九月からの乗務は同じスケジュールになる。

「透真さん、お話があります」

彼にもたれていた体を起こして、真面目な顔で見つめる。

「どうした？　あらたまって」

「……由紀さんのことです」

「また連絡が？」

実母の話になると、彼は顔をこわばらせた。

「お会いしました。透真さんの心の傷が少しでも塞がればいいいと思って」

「俺の心の傷？」

「はい……余計なことかもしれませんが、聞いてください」

由紀さんと話した内容と、智子さんからの話を丁寧に、かつ慎重に言葉にした。

神妙な面持ちで聞いてくれていた透真さんは私が話し終えると、深いため息を漏らした。

「智子さんが黙っていたことを申し訳なく思っていて謝りたいと……」

「……いや、マムの気持ちは大人になった今だからわかる。もしも、実母が俺を返してほしいと言って自身が決断をしなければならなかったとしても、ＬＡに残ったはずだ。ただ……男と結婚するから俺が邪魔で手放したのではないとわかって、心に刺さったとげが抜けたような感覚だよ……七海、ありがとう」

そう口にするが、まだモヤモヤが残っているような、スッキリしていないような表情だ。

たしかに長い年月心に傷をつくっていたんだから、すんなり納得はしないよね……。

「透真さん、由紀さんと会ってお話ししてください」

「会って？　もうわかったと言っただろう？」

片方の眉を上げて、私を見つめる。

「いいえ。そう言いつつも心はまだ充分ではないみたいに見えます」

「……七海、さすがだな」

「透真さんのことだから、わかるんです」

「では、由紀さんと会おう」

「本当に……？」

「ああ。七海、君のためにも」

ホッとして涙ぐみそうになるが、透真さんを元気づけるように笑みをつくった。


それから三日後の正午過ぎ。自宅に由紀さんを招いた。透真さんは休日で私は夜の乗務がある。

玄関に姿を見せた由紀さんは戸惑いの表情だが、私はにっこり笑みを向ける。

「由紀さん、いらっしゃいませ。どうぞお入りください。透真さんはリビングにいますよ」

「七海さん、お招きありがとうね」

そう言って手土産を渡してくれた。もうひとつ保冷バッグのような袋を大事そうに持っている。

由紀さんを透真さんのいるソファへ案内してから、キッチンへ向かう。

用意していた飲み物を運ぶと、ふたりはまだ会話をしていない様子。

「由紀さん、ゆっくり透真さんとお話ししてくださいね」

「どこかへ……？」

「はい。これから乗務なんです」

私がいない方がふたりはちゃんと話ができると思い、まだショーアップには早いが、出かけることにしていた。

部屋に戻って荷物を取り玄関へ向かうと、透真さんが見送りに来てくれた。

「透真さん、いってきます」

「ああ。気をつけて」

軽くキスを交わして、キャリーケースを手に玄関を出た。


オフィスへ到着し、更衣室で髪を夜会巻きにして制服に着替えながらも、透真さんと由紀さんが気になっている。

更衣室を出てからメールボックスを確認して、空いているテーブルに座る。

電話してみようか……。

スマホを手にしたところで、画面が明るくなって着信を知らせる。

透真さんだ。

席を立って、誰もいない隅へ歩を進めて通話をタップする。

「もしもし」

《おつかれ》
「透真さん、由紀さんは……？」
あれから一時間は経っている。
《心配はいらない。きちんと話をしたから。俺の夕食を作ってくれることになって、キッチンで料理を始めている》
「お料理を？　でも、材料が」
《由紀さんが持ってきていた。ＬＡに行くまでよく作ってくれていた肉じゃがを食べさせたいと。もともと俺たちふたりに作るつもりだったようだ》
その話を聞いて、過去と決別したのだと感じた。
「じゃあ……わだかまりは……？」
《もうない》
きっぱりした言葉に安堵のため息が出る。
《七海、ありがとう。愛している。君と巡り会うことができて幸せだ》
その言葉を言ってもらえてうれしさが込み上げてきて、目頭が熱くなって涙があふれる。
メイクしたのに……。

「肉じゃが、私の分も取っておいてくださいね」
電話の向こうで透真さんの笑い声が聞こえる。
《多めに作っているはずだ。じゃあ、Good Luck.》
通話が切れて、頬に伝わる涙を指で拭った。

翌年一月中旬、ハワイ・ホノルル。

私たちはいろいろ考えた結果、日本の家族たちとＬＡの家族の中間地点を取って、ハワイで挙式することにした。今日は親族や友人たちに囲まれて心からの喜びに満ちた日だ。

透真さんは実母と養父母と話をして、スッキリした様子だ。

お互い息子を愛したことから生み出された誤解だったのだから、過去のことは水に流し、今ではとてもいい関係を築き始めている。

『七海、両親がふたり増えたが大丈夫か？』

『もちろんです。大切な家族です』

そんな話をしたのを、隣に立つ父にエスコートされながら思い出す。

青い海と白い砂浜が広がるハワイのビーチ。

昨日まで天気が悪くて教会内での挙式も考えられたが、今日の空は澄み渡っていて、穏やかな波の音が耳に心地よい。

純白のドレスを身にまとい、ビーチの花道を父とゆっくり歩く。

Aラインのオーガンジーとサテン地のドレスの裾が、歩を進めるたびに揺れる。

透真さんも純白のタキシードを着て、花で飾られたアーチの下で待っている。

両サイドの椅子には家族や友人が参列してくれている。

茜はもちろん、深山さんと後輩CAもいる。茜と真木副操縦士はいい感じで、クリスマスにプロポーズされたと言っていた。

私に敵対心を持って嘘をバラまいていた松本さんは、嘘がバレ、彼女の性格から強気な態度が崩せなかったのかだんだんとAANにいられなくなり退職した。そののち外国のキャリアのCAになったと聞いている。

桜宮キャプテンと蓮水キャプテンのご家族の姿もある。若手機長トップ3が休暇を取るというスケジュール調整は大変だっただろう。

桜宮キャプテンの奥様である砂羽《さわ》さんは一歳の男の子がいて、グランドスタッフの仕事を愛している彼女は最近復職したと聞いている。

砂羽さんや真衣さんは、愛する旦那様と息子に囲まれてとても幸せそうだ。私もいつかそうなるといいな。

なによりも心からうれしいのは、由紀さんと養父母が並んで座っているのが見られたこと。由紀さんと智子さんが顔を合わせて笑い合っていることがうれしい。

きっと透真さんも私と同じ気持ちのはず。

私を待つ透真さんのタキシード姿はとても素敵で、彼が私の夫であるのが誇らしい。

アーチのところまで来ると、父から私を引き渡された透真さんは麗しい笑みを浮かべた。

ソフトチュールにパールをちりばめたヴェール越しに見える彼の笑顔に、心臓が跳ねる。

式が始まり、神父さんが私たちに誓いの言葉を求めると、透真さんは深く息を吸い、私を見つめながら誓いを立てる。

「七海、君と出会ってから、俺の人生は光に満ちあふれた。どんなときも君を愛し、守り続けることをここに誓います」

「透真さん、あなたとともに歩むこの道がどんなに素晴らしいものか、言葉では言い尽くせません。どんなときもあなたを愛し、支え続けることを誓います」

神父さんが「新郎新婦、キスをしてください」と言うと、透真さんは私を優しく抱き寄せ、深いキスを交わした。

周りにいる家族や友人たちは歓声と拍手で私たちを祝福してくれて、花びらが空に舞い上がる。

すでに結婚して一緒に生活しているが、結婚式は特別なもの。

ビーチでパーティーが始まり、私と透真さんは愛する人々とともに楽しいひとときを過ごして忘れられない一日になった。


翌日、養父母とともにハワイを経ってＬＡへ向かい、二日滞在したのち、新婚旅行先の最終目的地を目指してメキシコシティに飛んだ。

メキシコシティではテオティワカンへ行き、古代の遺跡を観光した。ＡＡＮではここへの路線が就航していないので、訪れてみたかったのだ。

それだけではなく、最大の目的地はボリビアのウユニ塩湖。

ウユニ塩湖まではとても遠く、メキシコシティからペルーのリマ、そして飛行機でボリビアのサンタ・クルス・デ・ラ・シエラへと到着した。

途中観光をしながらＬＡから一週間かけて、ついに青い空と白い雲が広がるウユニ塩湖へとやって来られた。

「うわぁ、なんて素敵な景色なの」

目の前に広がるのは静かな湖面と青空が一体化した景色だ。

まるで鏡のように美しく、その光景に心を奪われた。

「透真さん、最高の眺めですね」

「ああ。七海からウユニ塩湖へ行きたいと言われたときは、遠いから驚いたが、君とふたりで見るのは最高だな」

「なかなか来られる場所じゃないけれど、いつかは訪れたいと思っていたんです。実現させてくれてありがとうございます」

白い砂が広がる大地に立ち、透真さんと手をつなぎながら、無限に続く水平線を見つめた。

塩湖の上を歩きながら、写真を撮ったり、笑い合ったりと、幸せな時間を過ごした。

ずっといても飽きないほどの景色だ。

太陽が沈み始めると、空は黄金色に染まり、塩湖はまるで鏡のようにその光を反射した。

透真さんは私の肩に腕を回して優しく引き寄せる。

静かに見守っているうちに星々が空に輝きだし、ウユニ塩湖はまるで宇宙に浮かんでいるかのような幻想的な景色に包まれた。

「ここで一緒に見ることができて、本当に幸せだ。これからもいろいろな景色を見るときは七海も一緒だ」

「その頃には家族が増えているといいですね」

「そうだな。そのときが楽しみだ」

ふたりでこの素晴らしい景色を見られるのは至福の時間で、今日はたっぷりそのときを堪能した。

抱きしめられて彼の胸に顔をうずめる。

ウユニ塩湖の静けさの中で、透真さんの長い指が私の顎に触れた瞬間、唇が甘く塞がれた。

END

あとがき

こんにちは。若菜モモです。このたびは『一匹狼なパイロットの溺愛に生真面目CAは気づかない～偽装結婚で天才機長は加速する恋情を放つ～』をお手に取ってくださりありがとうございます。

二月に入っておりますが、まずはご挨拶させてください。

皆様、昨年中は拙作をお読みくださりありがとうございました。今年もドキドキハラハラしていただけるような作品をご覧になっていただけるように邁進してまいります。どうぞよろしくお願いいたします。

十二月刊のあとがきでは、二〇二四年はさほど素敵な年ではないと書きました。今年は私生活でも多忙になるのが決定しているので、体に気をつけて執筆して、去年よりよい年にしたいと思います。

さて、久しぶりのＡＡＮを舞台に、パイロットとのお話を書かせていただきました。読んでおわかりの通り、桜宮や蓮水、真衣も登場しました。でも、一番出ていたのは真木副操縦士だったと思います。

彼も今まで恋をしてきましたが、ようやく七海の親友の茜と落ち着きそうです。

キャプテンに昇格するよう日々がんばっております。

今回はパイロットとCAのお話だったので、いろいろな海外を書くことができて、私自身旅行をしていた気分でした。

LAへ行ったのはもう遠い昔ですが、執筆しながら懐かしい思い出も脳裏に浮かんできました。

ふたりが最後に新婚旅行へ行ったウユニ塩湖はファンミーティングのときリクエストをいただき、パイロットのお話だったからこそふさわしい場所だったと思います。

S様、リクエストありがとうございました。

いろいろな渡航先、皆様に楽しんでいただければ幸いです。

今回カバーイラストを描いていただいたのはｒｅｒａ先生です。素敵なふたりを描いてくださりありがとうございました。

この本に携わってくださいましたすべての皆様にお礼申し上げます。

二〇二五年二月吉日

若菜《わかな》モモ

若菜モモ先生への
ファンレターのあて先

〒104-0031
東京都中央区京橋1-3-1
八重洲口大栄ビル7F
スターツ出版株式会社　書籍編集部　気付

若菜モモ先生

本書へのご意見をお聞かせください

お買い上げいただき、ありがとうございます。
今後の編集の参考にさせていただきますので、
アンケートにお答えいただければ幸いです。

下記URLまたは二次元コードから
アンケートページへお入りください。
https://www.ozmall.co.jp/enquete/IndexTalkappi.aspx?id=2301

一匹狼なパイロットの溺愛に
生真面目CAは気づかない
～偽装結婚で天才機長は加速する恋情を放つ～

2025年2月10日　初版第1刷発行

著　　者　若菜モモ

発 行 人　菊地修一
デザイン　カバー　アフターグロウ
フォーマット　hive & co.,ltd.
校　　正　株式会社文字工房燦光
発 行 所　スターツ出版株式会社
〒104-0031
東京都中央区京橋1-3-1　八重洲口大栄ビル7F
TEL　03-6202-0386（出版マーケティンググループ）
TEL　050-5538-5679（書店様向けご注文専用ダイヤル）
URL　https://starts-pub.jp/
印 刷 所　大日本印刷株式会社

Printed in Japan

ISBN 978-4-8137-1697-6　C0193

ベリーズ文庫 2025年2月発売

『一匹狼なパイロットの溺愛に生真面目CAは気づかない～偽装結婚で天才機長は加速する恋情を放つ～』 若菜《わかな》モモ・著

大手航空会社に勤める生真面目CA・七海にとって天才パイロット・透真は印象最悪の存在。しかしなぜか彼は甘く強引に距離を縮めてくる！　ひょんなことから一日だけ恋人役を演じるはずが、なぜか偽装結婚する羽目に⁉　どんなに熱い溺愛で透真に迫られても、ド真面目な七海は偽装のためだと疑わず…⁉

ISBN 978-4-8137-1697-6／定価825円（本体750円＋税10%）

『ハイスペ年下救命医は強がりママを一途に追いかけ手放さない』 砂川雨路《すながわあめみち》・著

OLの月子は、大学の後輩で救命医の和馬と再会する。過去に惹かれ合っていた2人は急接近！　しかし、和馬の父が交際を反対し、彼の仕事にも影響が出るとを知った月子は別れを告げる。その後妊娠が発覚し、ひとりで産み育てていたところに和馬が現れて…。娘ごと包み愛される極上シークレットベビー！

ISBN 978-4-8137-1698-3／定価814円（本体740円＋税10%）

『冷酷社長な旦那様が「君のためなら死ねる」と言い出しました～ヤンデレ御曹司の激重愛～』 葉月《はづき》りゅう・著

調理師の秋華は平凡女子だけど、実は大企業の御曹司の桐人が旦那様。彼にたっぷり愛される幸せな結婚生活を送っていたけれど、ある日彼が内に秘めていた"秘密"を知ってしまい——！　「死ぬまで君を愛すことが俺にとっての幸せ」溺愛が急加速する桐人は、ヤンデレ気質あり⁉　甘い執着愛に囲われて…！

ISBN 978-4-8137-1699-0／定価825円（本体750円＋税10%）

『鉄仮面の自衛官ドクターは男嫌いの契約妻にだけ激甘になる【自衛官シリーズ】』 晴《はる》日《ひ》青《あお》・著

元看護師の律。4年前男性に襲われかけ男性が苦手になり辞職。だが、その時助けてくれた冷徹医師・悠生と偶然再会する。彼には安心できる律に、悠生が苦手克服の手伝いを申し出る。代わりに、望まない見合いを避けたい悠生と結婚することに!?　愛なきはずが、悠生は律を甘く包みこむ。予期せぬ溺愛に律も堪らず…！

ISBN 978-4-8137-1700-3／定価814円（本体740円＋税10%）

『冷血硬派な公安警察の庇護欲が激愛に変わるとき～燃え上がる熱情に抗えない～』 藍里《あいさと》まめ・著

何事も猪突猛進！な頑張り屋の葵は、学生の頃に父の仕事の関係で知り合った十歳年上の警視正・大和を慕い恋していた。ある日、某事件の捜査のため大和が葵の家で暮らすことに!?　"妹"としてしか見られていないはずが、クールな大和の瞳に熱が灯って…！　「一人の男として愛してる」予想外の溺愛に息もつけず…！

ISBN 978-4-8137-1701-0／定価836円（本体760円＋税10%）

ベリーズ文庫 2025年2月発売

『極上スパダリと溺愛婚～女嫌いCEO・敏腕外科医・カリスマ社長編～【ベリーズ文庫溺愛アンソロジー】』

人気作家がお届けする〈極甘な結婚〉をテーマにした溺愛アンソロジー第2弾！　「滝井みらん×初恋の御曹司との政略結婚」、「きたみ まゆ×婚約破棄から始まる敏腕社長の一途愛」、「木登×エリートドクターとの契約婚」の3作を収録。スパダリに身も心も蕩けるほどに愛される、極上の溺愛ストーリー！

ISBN 978-4-8137-1702-7／定価814円（本体740円＋税10%）

『追放された恥さらし王女が闇落ち中の悪魔騎士(実は最強王太子)をうっかり救ったら～奇跡の加護持ちだったうえ、妃として溺愛されてます～』朧月《おぼろづき》あき・著

精霊なしで生まれたティアのあだ名は"恥さらし王女"。ある日妹に嵌められ罪人として国を追われることに！　助けてくれたのは"悪魔騎士"と呼ばれ恐れられるドラーク。黒魔術にかけられた彼をうっかり救ったティアを待っていたのは――実は魔法大国の王太子だった彼の婚約者として溺愛される毎日で!?

ISBN 978-4-8137-1703-4／定価814円（本体740円＋税10%）

ベリーズ文庫with 2025年2月発売

『おひとり様が、おとなり様に恋をして。』佐倉伊織《さくらいおり》・著

おひとりさま暮らしを満喫する28歳の万里子。ふらりと出かけたコンビニの帰りに鍵を落とし困っていたところを隣人の沖に助けられる。話をするうち、彼は祖母を救ってくれた恩人であることが判明。偶然の再会に驚くふたり。その日を境に、長年恋から遠ざかっていた万里子の日常は淡く色づき始めて…!?

ISBN 978-4-8137-1704-1／定価825円（本体750円＋税10%）

『恋より仕事と決めたけど』宝月《ほうづき》なごみ・著

会社員の志都は、恋は諦め自分の人生を謳歌しようと仕事に邁進する毎日。しかし志都が最も苦手な人たらしの爽やかイケメン・昴矢とご近所に。その上、職場でも急接近!?　強がりな志都だけど、甘やかし上手な昴矢にタジタジ。恋まであと一歩!?と思いきや、不意打ちのキス直後、なぜか「ごめん」と言われてしまい…。

ISBN 978-4-8137-1705-8／定価814円（本体740円＋税10%）

ベリーズ文庫 2025年3月発売予定

Now Printing

『たとえすべてを忘れても』滝井《たきい》みらん・著

令嬢である葵は同窓会で4年ぶりに大企業の御曹司・京介と再会。ライバルのような関係で素直になれずにいたけれど、実は長年片思いしていた。やはり自分ではダメだと諦め、葵は家業のため見合いに臨む。すると、「彼女は俺のだ」と京介が現れ!?　強引にニセの婚約者にさせられると、溺愛の日々が始まり!?

ISBN 978-4-8137-1711-9／予価814円（本体740円＋税10%）

Now Printing

『タイトル未定(航空自衛官×シークレットベビー)【自衛官シリーズ】』惣領莉《そうりょうり》沙《さ》・著

美月はある日、学生時代の元カレで航空自衛官の碧人と再会し一夜を共にする。その後美月は海外で働く予定が、直前で彼との子の妊娠が発覚！　彼に迷惑をかけまいと地方でひとり産み育てていた。しかし、美月の職場に碧人が訪れ、息子の存在まで知られてしまう。碧人は溺愛でふたりを包み込んでいき…！

ISBN978-4-8137-1712-6／予価814円（本体740円＋税10%）

Now Printing

『両片思いの夫婦は、今日も今日とてお互いが愛おしすぎる』高田《たかだ》ちさき・著

お人好しなカフェ店員の美与は、旅先で敏腕脳外科医・築に出会う。不愛想だけど頼りになる彼に惹かれていたが、ある日愛なき契約結婚を打診され…。失恋はショックだけどそばにいられるなら——と妻になった美与。片想いの新婚生活が始まるはずが、実は築は求婚した時から滾る溺愛を内に秘めていて…!?

ISBN 978-4-8137-1713-3／予価814円（本体740円＋税10%）

Now Printing

『タイトル未定(外交官×三つ子ベビー)』吉澤《よしざわ》紗《さ》矢《や》・著

イギリスで園芸を学ぶ麻衣子は、友人のパーティーで外交官・裕斗と出会う。大人な彼と甘く熱い交際に発展。幸せ絶頂にいたが、ある政治家とのトラブルに巻き込まれ、やむなく裕斗の前から去ることに…。数年後、三つ子を育てていたら裕斗の姿が！　「必ず取り戻すと決めていた」一途な情熱愛に捕まって…！

ISBN 978-4-8137-1714-0／予価814円（本体740円＋税10%）

Now Printing

『冷徹な御曹司に助けてもらう代わりに契約結婚』美甘《みあま》うさぎ・著

父の借金返済のため1日中働き詰めな美鈴。ある日、取り立て屋に絡まれたところを助けてくれたのは峯島財閥の御曹司・斗真だった。美鈴の事情を知った彼は突然、借金の肩代わりと引き換えに"3つの条件アリ"な結婚提案してきて!?　ただの契約関係のはずが、斗真の視線は次第に甘い熱を帯びていき…！

ISBN 978-4-8137-1715-7／予価814円（本体740円＋税10%）

タイトル、価格等は変更になることがございますのでご了承ください。

ベリーズ文庫 2025年3月発売予定

Now Printing

『花咲くように微笑んで(救命医×三角関係)』 葉月《はづき》まい・著

司書の菜乃花。ある日、先輩の結婚式に出席するが、同じ卓にいた冷徹救命医・颯真と引き出物袋を取り違えて帰宅してしまう。後日落ち合い、以来交流を深めてゆく二人。しかし、颯真の同僚である小児科医・三浦も菜乃花に接近してきて…！「もう待てない」クールなはずの颯真の瞳には熱が灯って…！

ISBN 978-4-8137-1716-4／予価814円（本体740円＋税10%）

ベリーズ文庫with 2025年3月発売予定

Now Printing

『アフターレイン』 西《にし》ナナヲ・著

会社員の栞は突然人事部の極秘プロジェクトに異動が決まる。それは「人斬り」と呼ばれる、社員へ次々とクビ宣告する仕事で…。心身共に疲弊する中、社内で出会ったのは物静かな年下男子・春。ある事に困っていた彼と、栞は一緒に暮らし始める。春の存在は栞の癒しとなり、次第に大切な存在になっていき…。

ISBN 978-4-8137-1717-1／予価814円（本体740円＋税10%）

Now Printing

『この恋、温めなおしますか?～鉄仮面ドクターの愛は不器用で重い～』 一《いち》ノ《の》瀬《せ》千《ち》景《かげ》・著

アラサーの環は過去の失恋のせいで恋愛に踏み出せない超こじらせ女子。そんなトラウマを植え付けた元凶・高史郎と10年ぶりにまさかの再会!?　医者として働く彼は昔と変わらず偏屈な朴念仁。二度と会いたくないほどだったのに、彼のさりげない優しさや不意打ちの甘い態度に調子が狂わされてばかりで…！

ISBN 978-4-8137-1718-8／予価814円（本体740円＋税10%）

タイトル、価格等は変更になることがございますのでご了承ください。

ベリーズ文庫 with

2025年2月新創刊!

Concept

「恋はもっと、すぐそばに。」

大人になるほど、恋愛って難しい。

憧れだけで恋はできないし、人には言えない悩みもある。

でも、なんでもない日常に"恋に落ちるきっかけ"が紛れていたら…心がキュンとしませんか?

もっと、すぐそばにある恋を『ベリーズ文庫with』がお届けします。

大賞作品はスターツ出版より書籍化!!

第7回 ベリーズカフェ 恋愛小説大賞 開催中

応募期間:24年12月18日(水)~25年5月23日(金)

詳細はこちら▶ コンテスト特設サイト

毎月10日発売

創刊ラインナップ

「おひとり様が、おとなり様に恋をして。」

佐倉伊織・著 ／ 欧坂ハル・絵

後輩との関係に悩むズボラなアラサーヒロインと、お隣のイケメンヒーロー
ベランダ越しに距離が縮まっていくピュアラブストーリー!

「恋より仕事と決めたけど」

宝月なごみ・著 ／大橋キッカ・絵

甘えベタの強がりキャリアウーマンとエリートな先輩のオフィスラブ!

苦手だった人気者の先輩と仕事でもプライベートでも急接近!?

電子書籍限定

恋にはいろんな色がある。

マカロン文庫 大人気発売中！

通勤中やお休み前のちょっとした時間に楽しめる電子書籍レーベル『マカロン文庫』より、毎月続々と新刊発売中！　大好きな人に溺愛されるようなハッピーな恋から、なにげない日常に幸せを感じるほのぼのした恋、届かない想いに胸が苦しくなる切ない恋まで、そのときの気分にピッタリな恋が見つかるはず。

［話題の人気作品］

冷静沈着な凄腕パイロットから、初対面でプロポーズ!?

『硬派なヘリパイロットは愛妻欲を抑えきれない～初対面でプロポーズされて妻業始めました～【愛され期間限定婚シリーズ】』
惣領莉沙・著　定価550円（本体500円＋税10%）

過保護な外交官の溺愛が、熱情一夜をきっかけに溢れ出す…！

『エリート外交官は溢れる愛をもう隠さない～プラトニックな関係はここまでです～』
春川メル・著　定価550円（本体500円＋税10%）

円満離婚のはずが旦那様の溺愛計画に翻弄されて…！

『私たち、幸せに離婚しましょう～クールな脳外科医の激愛は契約妻を逃がさない～』
白亜凛・著　定価550円（本体500円＋税10%）

蜜月に消えた愛妻を若き天才ドクターが至極の愛で探し出し…！

『愛してるから別れたのに、官僚ドクターの揺るがぬ愛で双子ベビーごと見つかりました【極甘医者シリーズ】』
にしのムラサキ・著　定価550円（本体500円＋税10%）

各電子書店で販売中

電子書店パピレス　honto　amazonkindle
BookLive!　Rakuten kobo　どこでも読書

詳しくは、ベリーズカフェをチェック！

小説サイト Berry's Cafe
http://www.berrys-cafe.jp

マカロン文庫編集部のTwitterをフォローしよう
@Macaron_edit 毎月の新刊情報をつぶやきます♪